外婆和源宝(2018.11.28)

我一周岁啦(2016.4.28)

萌娃在湖边(2016.6.2)

我和我的祖国(2018.4.9)

绿草地上的萌娃(2016.6.2)

全家福(2015.7.18)

戴红肚兜的小福娃(2015.7.21)

雪地萌娃(2016.2.1)

三代乐(2015.7.18)

戴虎头帽的小萌娃(2015.12.2)

祖孙情(2015.7.16)

萌娃砸鸡蛋(2016.7.13)

外公和源宝(2017.9.12)

母与子(2017.4.21)

快快乐乐去上幼儿园(2017.9.12)

真好玩(2016.11.18)

萌娃来了

——木槿外婆手记

MENGWA LAILE MUJIN WAIPO SHOUJI

李海燕 著

全国百佳图书出版单位
时代出版传媒股份有限公司
黄山书社

图书在版编目(CIP)数据

萌娃来了：木槿外婆手记 / 李海燕著. —合肥：黄山书社，2019.5

ISBN 978-7-5461-8225-4

Ⅰ.①萌… Ⅱ.①李… Ⅲ.①散文集-中国-当代
Ⅳ.①I267

中国版本图书馆 CIP 数据核字(2019)第 100556 号

萌娃来了——木槿外婆手记 李海燕 著

出品人	王晓光
策划	刘政屏 朱莉莉
责任编辑	郑 程
装帧设计	钱志刚
出版发行	时代出版传媒股份有限公司(http://www.press-mart.com)
	黄山书社(http://www.hsbook.cn)
地址邮编	安徽省合肥市蜀山区翡翠路 1118 号出版传媒广场 7 层 230071
印刷	安徽国文彩印有限公司
版次	2019 年 7 月第 1 版
印次	2019 年 7 月第 1 次印刷
开本	880mm×1230mm 1/32
字数	150 千
印张	8
书号	ISBN 978-7-5461-8225-4
定价	29.80 元

服务热线 0551-63533706

销售热线 0551-63533761

官方直营书店(http://hsss.tmall.com)

爱的珠串

——序《萌娃来了——木槿外婆手记》

海燕给我发来一条很长的微信，说她的新书《萌娃来了——木槿外婆手记》就要出版了。这本书记录了她的小外孙源宝从 2015 年春天出生，到 2018 年春天三周岁的成长历程，表达了她这个新时代外婆带娃的感想。希望我能为她这本书写篇序，哪怕几百字也行。可她又虑及到我的眼疾，想了很久不忍心开口，是在读了我最近写朋友的一篇文章之后，犹豫再三，才鼓足勇气说了出来。

我和海燕相识时间不长。我们的初识是在 2014 年 6 月 21 日的新安读书会上。这得感谢我的老友刘政屏和马丽春，他们得悉徽商传媒邀请我，于 6 月 20 日到合肥新地中心出席徽商名媛活动——名家作品推介会的消息后，就拟趁我赴肥之机，为我举办一期读书会。丽春连夜通报书友。政屏赶制了我的第一本书——《画魂》和新作《一边奋斗一边爱》

的丈二大型书模。海燕就是读书会特邀书友之一。她满脸是笑,洋溢出酷爱文学真挚的热情,单纯而可爱。她从手腕上取下一串小手链,说这是她自制的小饰物,拉住我的手,不由分说,就戴到我的手腕上,说做个纪念。这个由绿豆大小五颜六色小石珠串成的手链,我一直珍藏着,常常由之想起她。我们的第二次见面是两年后,我随安徽作家代表团出席中国作协九次代表会回来,火车晚上返抵合肥。我拟在合肥停留半天,去看望雕塑家闫玉敏老师,丽春曾经跟我说过,她想采访闫老师,要我为她引荐一下,我就告知了她,她跟海燕说了。第二天一早,丽春开车偕着她一同来接我,陪我去看闫先生,这是我们的第二次相见。一晃就过去了两年。相识,并不代表了解和相知。我对她的了解,是近两年中读她的散文获得的。文字无不是从作者心灵里流淌出来的,可谓写作者心灵的传记。通过微信,我有机会读到她更多的作品,我很喜欢她的文笔,情真流畅,即使写一棵花一丛草,也写得出神入化,引人入胜。她的《我的朋友虎耳草》,让我久久不忘。她的文笔生动感人。能使像我这个年龄的老人记住,想起就感动的文章是不多的。读她的作品,我感受到她有颗纯洁的灵魂,她爱真爱善爱美,爱一切美好的人和事。

她勤奋好学,虽年过六十,爱文学的初心仍然炽烈如火,她克服一切困难坚守她的文学梦想。她做过很多工作,当过知青、护士、教师、机关干部、公司副总、编辑等。不惑之年开始写作,出版了三本散文集《感恩的心》《灵魂如玉》和《两个人的大草原》。她在《合肥晚报》兼职当编辑时，报社掀起学开车的热潮，50岁的她毫不犹豫地报名学习，勤学苦练，在克服了相当大的困难后拿到了驾驶执照。只要她想做的事，她决不会中途放弃。

她虔诚文学，也深爱生活。就在她做了外婆，担负着带小外孙这样繁重工作之后，仍然没有放弃写作，她见隙插针，将点点滴滴的时间，化成她心灵露珠。这本《萌娃来了——木槿外婆手记》就是她深爱生活和坚守文学梦想结出的又一硕果。在这本书中，她写了她这个外婆在带小萌娃的过程中的心路感想，她的人生体验，记录了宝宝的成长旅程。她辛苦着，又幸福快乐着。这样的生活，若非当了外婆，怎么可能体会得到呢？她便以木槿花开的笔名，在新浪博客上一篇篇地写，每篇记述一件事。一写就是三年，积沙成塔，集腋成裘，汇在一起，就有了这本《萌娃来了——木槿外婆手记》。

我约略地翻了全稿。又选择性地读了其中的部分篇章，像《柔软时光》《人生第一剃》《旧衣温暖》《 婴儿也有社交圈》《光头强的小粉丝》等等，无不觉得非常有趣。每篇后面还写有“外婆心得”。像《人生第一剃》后面的“外婆心得”她就这样写道：“绝大部分的宝宝都是惧怕理发的。所以，给宝宝理发时一定要做好充足的准备。人生第一剃很重要，把胎毛制作成胎毛笔，既好保存又有纪念意义。”她写得真切动情。曾感动了无数网上读者。

我以为，这本书不仅是本单纯的散文集，还是一本可以借鉴的育儿知识和育儿经验的书,好看又实用,更是一本用爱串缀起来的闪着熠熠爱的光辉的珠串。

祝贺海燕!

石　楠

2018 年 12 月 12 日于安庆石楠书屋

目 录

一、春天的好消息

即使是早就知道你将在四月，这个人间最最美好的季节要来到这个世界，可是，可是，在 4 月 9 号的晚上 19 点 20 分，你真的呱呱坠地平安降生的时候，我们全家还有关心你的亲朋好友们还是抑制不住喜悦的心情，用最美好的语言表达着自己的快乐和祝福，用最快的速度传播着这个春天里的好消息！

你的妈妈，也就是我的女儿小白，自怀上你以后，就变得很坚强，忍受着怀孕初期反应，坚持吃东西，尽可能地要多给肚里的宝宝你丰富的营养。而且不论刮风下雨，总是坚持上班，出色完成繁忙复杂的工作，几乎没有请过病假。直到预产期前半个月法定可以休假了，才从容地收拾好东西回家，满怀信心地等待你的降临。要知道，你妈妈可是我们家里娇生惯养长大的独生女啊！而且一直体质柔弱，她能有这样的表现,真是母爱的伟大啊!

你的预产期是4月12号,在4月8号的凌晨三点,你的妈妈有了生产的征兆,可是她没有喊醒熟睡的我们,一直耐心等到早晨我们起床后才告诉这个消息。真是养儿才知报娘恩啊!她心疼她的爸爸妈妈,想要我们睡个好觉。虽说我嘴上埋怨你的妈妈怎么不早说,可心中还是感到十分甜蜜幸福。我们的准妈妈女儿真的成熟了,长大了。

你的爸爸大珏为了有更广阔的事业发展空间,作为人才被聘到外地工作,目前看来发展势头不错。他是一个很有责任感的男子汉,他说他要努力工作为即将出生的孩子挣足奶粉钱。我们相信他能撑起这个未来的小家。他是在外地出差的路上直接赶回来的,来到医院已经是8号晚上10点多了。他要守着你的妈妈度过这阵痛难熬的一夜。

9号上午7点多你的妈妈被推进了产房。一道玻璃门挡住了我们的脚步,所有的家属都在这道玻璃门外焦急地等待着孩子出生的那一刻。

我和你的外公来了,我的二姐你的二姨姥姥也来了,家里请的资深月嫂温和善良的张奶奶也来了,当然还有你的爸爸,我们一道在产房门外翘首以盼,忧心焦虑,生怕身体柔弱的你的妈妈有什么闪失。自古以来,生孩子都是在过鬼门关。因为你的妈妈很早就下定决心要自己顺产生下你,这样的选择就意味着你的妈妈要忍受分娩无比剧烈的痛苦。许多产妇就是因为对这个的惧怕而早早就选择了剖宫产,在我国，这个比例已经超过产妇的百分之五十以上了。这不是一个好的数字。

一个小时、两个小时……过去了。只见那扇神秘的玻璃门时不时被打开，小护士怀里抱着初生的婴儿喊着某某家属前来相认，被喊到的家人别提有多幸福了，几乎都是冲上前去，签字画押看婴儿！当然护士首先是报婴儿的性别，某某，你家的是个女孩。某某某，你家的是个男孩。无论男孩女孩，个个都是喜气洋洋。真是时代不同了，男女都一样啊！

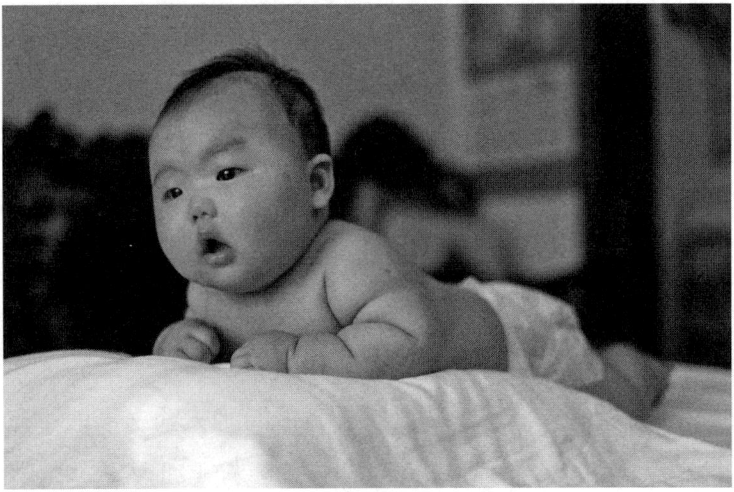

我来了

已经过了中午，我们家还是没有得到任何消息，真是急死人了！我忍不住贴着耳朵偷听玻璃大门内的声响，哪怕是有一点你妈妈的消息也好。结果没听到你妈妈的消息，却听到了此起彼伏声嘶力竭的哀嚎，那是正在分娩的妈妈们在遭受着疼痛的煎熬啊！我的心一下子抽紧了，也隐隐感到疼痛。是啊，每一个生命的诞生都是经历了这样的千辛万苦！你的妈妈也是这样诞生的。虽说我早就忘记了分娩的痛苦，一旦回想起来，也是百感交集。想到这，我更加心疼产房里我的女儿你的妈妈了。

终于有消息了，护士说，你的妈妈身体虚弱、力气不够、精神不济，产程要比别人的长，大概还要两三个小时才能生下来。可以允许家属递进去一点红糖水、鸡蛋和巧克力，增加点营养。我们手忙脚乱地把食品递进去，希望你的妈妈增加些体力。想象着我的女儿无助地一个人躺在产床上拼死力气地要顺产生下你，我的心都被揉碎了！生孩子就是生死一关，即使是医学很发达的今天，也是要承担一定风险的。看到有人还为生女孩不开心的样子，我只祈求女儿顺利生下宝宝，母子（女）平安，就是最大的幸福了。

到了晚上7点，二姨姥姥熬不住了，她先回去了。外公也心力交瘁，我让他先回家休息休息。就剩下你的爸爸、张奶奶和我你的外婆，我们坚守在产房外。张奶奶是虔诚的基督徒，她默默地在那祷告，祈求主保佑一切平安！

晚上快8点的时候，突然，那扇玻璃门打开了，小护士喊着小白家属，你的爸爸一个箭步就冲了上去，那扇门半掩着，我好像听到“男孩”两个字，又不确切，只有耐心等待。一会儿，你的爸爸完成了签字画押看孩子的手续出来了，喜滋滋地说是男孩，母子平安。我激动地上去拥抱你的爸爸。那真是最美妙的时刻。接着，这个春天的好消息就以最快的速度传遍了所有的亲朋好友。你在外地的爷爷奶奶身体不好不能前来，可是他们的激动和喜悦与我们无二。

经历了12个小时的煎熬，你终于平安来到了这个世界！我的女儿你的妈妈真是好样的！我的小外孙，你也是好样的！你没有辜负我们的希望，平安顺利地来到了这个对你翘首以盼的温暖大家庭，为我们带来了幸福和希望！我要对你说一声，谢谢棒小伙！

人都是互相成全的，先生成全了我作为妻子的角色，女儿成全了我作为妈妈的角色，女婿成全了我作为岳母的角色，小外孙的到来成全了我作为外婆的角色。感谢上苍感谢大地！感恩这个世界，让我感到这么美好和幸福！

华夏文明上下五千年，我们是龙的传人，就像长江黄河的水一样，源远流长，奔腾不息，你是我们全家的宝，就叫你源宝吧。你将以这个名字行走在这个世界，你要做一个自食其力的劳动者，做一个对社会有所贡献的堂堂正正的男子汉——这就是我们对你的期望。

这个春天注定了那么不同寻常。

外婆心得

有资料表明，经过产道挤压自然分娩，对孩子的健康成长更有利，产妇的身体恢复也更快。如果其他条件都好，仅仅因为惧怕疼痛而选择了剖宫产不是一个好主意。能够顺产的话，最好还是顺产。

2015/4/25

二、柔软时光

五月的阳光是和煦的，五月的风是柔软的，五月的鲜花在怒放。时光流转，谁也别想抢去五月里的这个风头。

我把阳台上晾晒了差不多快一年的艾草全部拿了出来，也有一大把呢。去年端午的时候我就想着把艾草收好了，兴许明年女儿就能生个小宝宝呢。我是这样渴望的，暗自也就有了行动。到时候女儿满月了我就亲自给她做艾草熏蒸。这是中国人坐月子的传统，是妈妈能够给予女儿的最温柔的爱！每每在阳台上看到那一大把艾草，我的心就跟着柔软了起来，期待着小宝宝的降生。

一大早，我的尤妈就出门上山去了。离家不远就有一座山叫舜耕山，山不高，绵延百里，那是老家的山。小时候我们经常结伴到山上去采花摘野果，蓬勃的大自然和烂漫无邪的童年给我留下了野酸枣的回味和刺么苔（野蔷薇）的芬芳记忆。好一会儿,尤妈扭着小脚回来了,怀里抱着一大把青枝绿叶。我很吃惊,她说,今天你满月,给你用艾草和山野草煮水做熏蒸,杀菌消炎,洗掉秽气。接下来,她就用家里的那口大铁锅煮了满满一大锅草药水,随着水的沸腾,百草的香味弥漫在屋子的每个角落。我就坐在放满草药水的大木盆上面横搭的搓衣板上,享受着雾气的蒸腾,整个身心都沉浸在无比的愉悦和放松之中。

整整一个月了,没有洗过澡,这是中国人坐月子严格的规矩。即使如我等受过高等教育的国家公务人员,回老家坐月子也得听从老人们这样的教导。老人们总是说月子里洗澡洗头受了风寒,那可不得了,老了头疼浑身疼,那可不是闹着玩的!想想也就一个月,咬咬牙就坚持下来了(必要的卫生擦拭每天都还是做的),我可不想冒险试验到了老年浑身酸疼留下月子病。

其实,我还是没有严格遵旨,冒虚汗(产妇都要冒虚汗)的时候我就不由自主地伸出右腿或者露出右半边身来,凉快凉快。后来,真的是右半个身子时常酸痛。直到现在,我的右肩膀总是感觉凉飕飕的,就是大夏天也要捂住肩头睡觉。否则,就感到有凉气直冒。这个事实说明,祖辈传下来的老规矩还是有道理的。至于西方人刚生过孩子就吃冰淇淋喝凉牛奶,也没有坐月子一说,比如,5 月 2 号生了孩子的英国王妃第二天就穿高跟鞋丝袜出来亮相,她那样做一定也有他们的道理。毕竟是不同人种,差异肯定是存在的,各有各的生理条件和传统习俗。

尤妈是我的奶妈，母亲工作忙，她就替代母亲把我带大，时时关心照顾我，陪伴我度过了几十个春秋。所以，我觉得自己好幸福，有两个母亲疼爱。我坐月子的时候，尤妈知道了，扭着小脚赶去伺候月子。1984 年 10 月的某一天，尤妈用艾草雾气蒸腾出的柔软时光，至今都闪烁着母性的光辉！

时间转眼到了 2015 年的 5 月，我的女儿坐月子也要满月了。是自己有先见之明，还是上苍的恩赐安排？真是如愿以偿，阳台上那一大把艾草真的要派上用场了（陈年艾草作用更好）。虽说现在时代发展了，产后康复中心可以提供很好的熏蒸服务，可我还是想亲自为女儿做一次艾草熏蒸，这是当母亲的幸福和特权啊！

按照尤妈当年的做法，我也是煮上了一大锅艾草水，顺着那香味，透过那雾气，我仿佛看到了我的妈妈为了给我治病到处找人开药（那时候有的贵重药只能按粒开）紧张担忧的神情。我又看到了尤妈抱着一大捧草药扭着小脚向我走来。我好想念她们啊！我的妈妈、我的尤妈，你们在天堂里还好吗？

女儿坐在雾气蒸腾的卫生间里，享受着神圣艾草水的抚慰，洗去了产后的疲惫，活络了僵硬的筋骨。这是中国人特有的生命体验啊！我一边帮她搓背一边诉说着当年自己的感受，还有对她姥姥和尤姥姥的思念。女儿很感动，她也是当妈妈的人了。我想，将来这一幕依然会代代重现。

我把为女儿做熏蒸的事发到了网络上，许多好友都回复说想起了妈妈当年为自己做熏蒸的情景。妈妈为女儿做熏蒸的柔软时光，是每一代母女心底里最最美好的记忆！

好友要到台湾去照顾马上就要坐月子的女儿，临走时我告诉她一定要为女儿亲自做一次艾草熏蒸！她说好！

外婆心得

艾草的运用在中国已经有好几千年的历史了。它对于活血化瘀、活络筋骨、除寒去秽、醒脑提神，的确有着很神奇的作用。端午前后的艾草效用最佳，不妨留下来备用。

2015/5/20

三、人生初始一百天

不管怎么说，人生忙来忙去，还不是忙个孩子！就连鲁迅先生写出的文章那么犀利尖刻，可是提到自己的儿子，立刻显现出了慈父的温柔，发出了“无情未必真豪杰，怜子如何不丈夫”的感慨。

真正不结婚、结了婚又不要孩子的人还是极少数。所谓天伦之乐，就是老老少少一大家子在一起，父慈子孝、婆媳和谐、儿孙绕膝。这也是中国人最朴素的人生观、幸福观。

去年这个时候，我还在为女儿没有怀孕而发愁，先生不好意思直接干涉，只好在夜深人静时对我施加压力，要我督促女儿赶紧要孩子。我说这生孩子又不是买东西，花了钱就可以买来家，这孩子投胎不投胎来我们家哪能由我们决定啊！真是百爪挠心，忧虑忡忡！

人一旦成为父母后，喜怒哀乐的情绪大都由儿女控制了，儿女健康成长聪明伶俐，父母亲就整天笑开了颜，日子越过越有劲；儿女身体羸弱或者愚钝不开窍，父母亲可就操透了心，有苦头吃了。记得女儿小时候，我走在路上听到有孩子哭喊着叫妈妈、妈妈！我的心都会颤抖，就以为是自家女儿伤心哭泣呢。不由得加快脚步往家赶，看看自己的宝贝是否也在哭喊叫妈妈。

时光的脚步，或快或慢，那都是人的感觉。其实，它一直都是以亘古不变的速率朝前走着、走着，永无止境。

这路上，我们出现了，我们也随着时光朝前走——我们呱呱坠地，我们嗷嗷待哺，我们青春勃发，我们有了孩子，我们的孩子又有了孩子，我们垂垂老矣！

现在，就是今天，源宝来到人世已经整整一百天了！一百天，仅仅是从春到夏的三个多月再平常不过的白天黑夜，可是对于我们的家庭来说，却是意义非凡的一百天啊！

我们从父母亲升级成了外公外婆，三代人了；女儿则从娇生惯养的独生女变成了辛苦的奶妈，担当起了为人母光荣而艰巨的责任；女婿也从一个满足于安逸工作的毛头小伙子，油然生出了作为父亲的自豪和压力，自觉应聘到竞争激烈且收入相对要高的单位挣“大钱”去了，他要充足供应儿子的奶粉和尿不湿。

仿佛还是在梦中呢，小家伙也已经从一个眼睛都睁不开只有 6 斤 3 两重的小不点，长成了一个漂漂亮亮肥肥壮壮整天笑逐颜开的 18 斤重的“大小伙子”了。

我们的生活，也因为小家伙的到来，而彻底改变。先生那张愁眉不展的苦瓜脸，现在天天都舒展着开心的微笑，再也不在背后给我烧底火让我不得安宁了。下班回来，洗好手就去抱小外孙，这是他的专长。记得女儿小时候，先生就是这样的，下班回来，我在厨房忙碌，他则抱着女儿在楼道的路上来回溜达，女儿稳稳地端坐在爸爸的怀抱里。我透过窗户能看到这温馨的场景。只是感叹这孩子什么时候能长大哦！

光阴似箭，女儿不仅长大了，还受过良好的高等教育，有了理想的工作和幸福的小家庭。更为重要的是，她也有了自己的孩子。这就是我们为人父母的心愿，这心愿都已经满足。所有的艰难曲折和焦虑纠结，在这一刻，都成了前朝旧事，模模糊糊，渐行渐远。留下的都是眼前的美好。

其实，曾经我也是很纠结的。女儿没怀孕时，我巴不得她快点怀孕有宝宝，可是转念一想，这宝宝到来了怎么带啊?！靠他们小两口自己肯定是不行的。她的公婆远在外地且身体非常不好，能照顾好自己已经是万谢了，更别指望他们来照顾月子、带孩子。先生在上班，还有几年才退休，这千斤重担看来只有我来担了！这样一来，我正常的文学创作、逍遥山水的悠闲好日子都别谈了。又是百爪挠心，忧虑忡忡啊！

“车到山前必有路”这古话还真不是胡乱说的，这不，源宝来到人世都已经一百天了。虽说我肯定要比以前吃苦受累，可是，与宝宝的到来带来的欢乐和希望相比较，那真是微不足道、不足挂齿了。

宝宝从出生到一百天这段时间是最柔弱最难伺候最需要精心呵护的。过了一百天后就一天天强健起来，抵御疾病的能力也大大增强，比此前也好带多了。所以，宝宝一百天的时候，民间习俗都是要拍照留念或者摆宴席的。我的好友摄影家木桐，也是源宝的木桐奶奶亲自来为我们的宝宝拍照，宝宝好像很懂事似的十分配合，不哭不闹，随意摆拍，意想不到的顺利。大家都跟着开心。

斗转星移，该来的都会到来。感谢上苍让我有了可爱的小外孙源宝！祝福百日后的源宝更加茁壮成长！

宝宝出生后的前一百天最柔弱，一定要精心呵护。百日照很重要，照相馆有此项专门服务，不过有些千篇一律。有条件的话，在家里自己拍摄，做成影集，更有特色和个性。

2015/7/17

四、人生第一剃

过了一百天的源宝，除了照相外，还有一个重要的仪式就是剃头！

这可是人生第一剃啊。民间风俗可讲究了，到理发店找师傅给孩子剃头，就不能像平常一样付款了，得包上个适量的红包恭恭敬敬递给师傅。要使得大家都满意开心，最主要的是图个吉利。孩子的头剃得好剃得顺畅，预示着这孩子一生平平安安，顺顺利利。过去，尤其对男孩子更加重视。现在，家家的男孩女孩都是宝，都重视这人生第一剃，各种服务也应运而生。有专门制作胎毛笔的，可作永久留念。这个服务生意兴隆。

自打出生长到现在，源宝的头发跟身体一样，蓬勃生长，快成一片蓬蓬草了。时值三伏，一百天也过了，该是时候要理发了。女儿他们早在孩子出生时就在网上买了个婴儿理发器，听说很好用。所以，我们决定在家帮宝宝完成这一件人生大事，觉得这样更有意义。

理发器拿出来了，其实就是个轻便电动剃头刀。我让女儿理，女儿害怕推说不敢。带孩子的张奶奶拿着理发器在宝宝的头上比划着，也是下不了手。看这个样子，我二话不说，麻利地从张奶奶手中拿过理发器就往源宝头上剃。哇呀，好轻便啊！那软软的小胎毛发顺着理发器就飘下来了。赶紧把第一撮毛收拾起来，这个好珍贵呢，要是弄丢了，可就制不成胎毛笔了。

这第一剃，那么顺利，真是不敢想象。我下手去剃也是被逼无奈壮着胆子干的，没想到还真干成了。说是好用，看来是真的。第一剃时，源宝不知道发生了什么，比较顺利。第二剃时，小家伙不干了，明显恐惧，又哭又闹拼命挣扎。于是，女儿专门喂奶哄住源宝不要乱动，张奶奶扶住头和身子更加稳固，我就小心翼翼轻手轻脚，在源宝的头上精心打理。几缕头发又应声落下。因为有了妈妈的奶吃，小家伙的注意力转移到喝奶上，基本不哭闹了。不一会儿，一个头发长长短短不甚整齐的小光头呈现了，还真有点模样呢！我特别把脑门囟那地方留了一撮毛。只是这一撮毛也被剃歪了，衬着源宝那张肥肥的小圆脸，还有他那一脸无辜的模样，甚是好笑。婴儿的脑门囟是个非常脆弱的地方，到周岁后才慢慢闭合，要特别小心保护才是。那一撮毛就是为了保护脑门囟而留下的。末了，我又在源宝后脑勺处留下了另一撮毛，这一

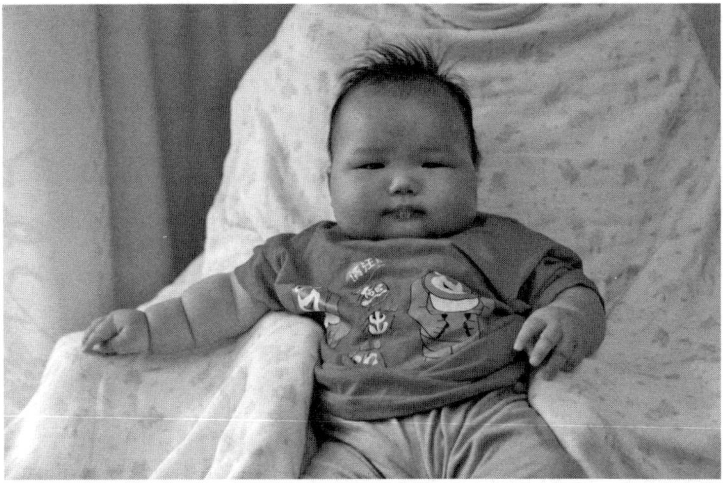

吐口水的萌娃

撮毛,民间叫“奶奶拽”,是专门为男孩子留的。意思是这个男孩金贵,留个小辫子当女孩养,奶奶还能拽住他。记得我上小学时,我们班有个姓戚的男生就留个“奶奶拽”,小辫子很长,还用红绳子编起来,在脑后一甩一甩的。至今记忆犹新。这个男生非常调皮,大概就是因为金贵,家里惯的吧。我给源宝留这一撮毛与当年的记忆有很大关系。不过,除了吉祥的寓意外,我们都觉得好玩有趣。

刚才还是一头蓬蓬黑发的源宝,转眼间成了个剩下头顶一撮毛,脑后一撮毛的小光头。他自己还全然不知,在那乐呵呵傻笑,口水直流。愈发让我们三个女人笑疯了。末了,我不忘把宝宝的胎毛都小心收罗起来,装到一个红袋子中,看来够做一只胎毛笔了。

宝宝的这人生第一剃,本来应该是有很强仪式感的。可是,我们家的这第一剃,倒是多了几分谐趣。我自己也不知道我还能为宝宝剃头,胆子真不小!当上外婆后,发现自己能干多了。人的潜能到了我这个年龄照样能激发出来。真不错!

孩子的未来要靠孩子自身的努力,作为长辈能够给予他的就是精心呵护和满满的祝福!

外婆心得

绝大部分的宝宝都是惧怕理发的。所以,给宝宝理发时一定要做好充足的准备。人生第一剃很重要,把胎毛制作成胎毛笔,既好保存又有纪念意义。

2015/7/27

五、人生第一翻

三个月刚过不久。有一天，我发现源宝在床上乱扭，具体表现是，拼命翘头，一只小腿则不断朝旁边侧翻。可是身子太重（大概有 18 斤左右），技巧也没掌握，不得要领。每次都以失败告终。不过，他并不气馁，累得呼哧呼哧大喘气后，歇一会，再继续着同样动作的尝试。

看到这情况，我很兴奋，小家伙难道想翻身了吗？民间口头禅：三翻、六坐、九爬叉。就是说小宝宝在三个月的时候就会翻身了，六个月的时候可以自己坐了，到了九个月就会东爬西爬了。我现在早把带女儿的事忘得差不多了，每每女儿问我当年她是怎样的表现时，我都很无奈地敷衍她，很好、很好！可是小外孙源宝的到来，又让我有了重新回顾的机会，还真是那么回事。

后来接连好几天，源宝都不愿意仰面朝天好好睡觉了，只要把他放到床上，只要有任何可能，他都尝试着翻身、翻身！看那劲头是一种不达目的决不罢休的勇气和信念！有几次，还真的就翻过来了，可是被压的小胳膊又挪不动了，急得满头是汗哇哇大哭，我忍不住就去帮他一把，把压住的小胳膊拉出来。这时候，他就用两只小胳膊撑着，同时昂起他那张肥嘟嘟的小脸，快乐地望着我。仿佛是说，谢谢外婆！我要翻身，我真的翻身啦！

其实，从宝宝有翻身的欲望到真正自由翻身，还是有段时间的，大概一周左右吧。这段时间是宝宝最艰难的过程。刚开始，大人辅助他翻身也是很有必要的，否则宝宝会很焦虑不安，小胳膊也要防止扭伤。当他的协调能力进一步增强，且自己不断奋勇努力，不用大人帮助，宝宝自然就会自己自如翻身啦！后来，源宝在床上，只那么一眨眼的工夫，他就咕噜一下翻了过来。再后来，他不仅能翻过来，还能翻过去。睡着的时候，自己还能翻成侧身，一只小腿侧压在另一只小腿上，好享受的样子哦！

要翻身，恐怕是宝宝人生第一次有意识的自主要求，也是宝宝克服困难勇敢无畏探索前进的人生开端。每每看着源宝累得吭哧吭哧不断尝试翻身动作的时候，我都好激动。这是他人生第一翻啊！成功的第一翻也就预示着他会有成功的第一坐，第一爬。人生的路很遥远漫长，都是从第一翻开始的。千里之行，始于翻身。

其实，人类从婴儿开始，潜意识里就懂得了只有奋勇前进才能茁壮成长，才能达到目的的道理。我们成年人，自诩为有人生经历的人，不妨重温一下婴儿成长的过程，真是治疗心理疾病的最好良药。

外婆心得

婴儿刚开始学翻身的时候，大人要适当加以辅助和保护，防止弄伤了嫩胳膊嫩腿，也防止掉到床下面。

2015/8/31

六、人生第一摔

今天是个特殊的日子，全国人民庆祝抗战胜利 70 周年，天安门广场要举行盛大的阅兵式。源宝好像也有感觉似的，早晨 5 点半就醒了，在我身边惬意地吮着自己的小手，十分安静喜俏。我赶紧起床给他把尿洗脸，收拾停当后也才 6 点钟。因为心情太激动，早早就把电视打开，我的心已经飞到了北京天安门。

我把源宝往床里面放放，让他自己玩，赶紧趁这个时间去刷牙洗脸烧开水。就在我离开他还没有两分钟的功夫，就听到咕咚一声，哎呀，不好了，怕是源宝从床上摔下来了？我放下手中的活计就往卧室跑。

女儿知道我在盥洗间忙碌，就起身来照看源宝，她也担心小宝宝不老实万一摔下床怎么办，母子连心啊，她有预感！就在她走进源宝卧室时，浑身是劲儿的小家伙正从床上滚到了地下。女儿一个箭步冲上去抱儿子，可是儿子太重，不仅没有抱起还连带着把自己弄摔倒了！我赶到时娘儿俩正躺在地上呢！受到惊吓的源宝号啕大哭，不知所措。

赶紧拉起女儿，把源宝抱在怀里，左颠右哄，可怜宝宝委屈地号叫着，好不容易才安静下来止住哭泣。

我好自责好后悔！扒拉着源宝的头看看有没有摔坏到哪里，还好，一切正常，再用手轻轻按按头皮，看看他是否疼痛，还好，也没有反应。这才放下心来。我郑重其事地道歉，宝宝，都怪外婆没照看好你，麻痹大意了，心思也没完全在你身上，让你从床上摔下来受到惊吓，真对不起！

女儿是我们的宝宝，再大，只要没有成家没有自己的孩子，也是个娇女儿。可是自从当了妈妈后，她那个心啊，全部都给了儿子。现在，儿子摔跤了，那还了得！她也非常自责！我就安慰愁容满面的女儿，别怕，没事儿，小孩子家家的都是要摔跤的，没有不摔跤的小孩子！你看哪个孩子从床上摔下来摔坏过？何况我们家这个床还那么矮，源宝又那么胖，一定没事儿的。说话间，源宝在我怀里回过神来已经开始咧开小嘴在那呵呵傻笑了。看到源宝的笑脸，我们也松了一口气。

我麻痹大意，认为只有四个多月大的源宝只会面朝上翻过来再翻回去，原地不动，翻不到哪里。所以，早早收拾好就可以安心看阅兵式了，这可是中华民族的伟大盛典啊！可是人家赶巧就是从今天起可以连续翻身了，那张小床（不是婴儿摇篮床）哪儿经得起他的连滚翻呢？这不，就把自己翻滚到了地板上。

想起了女儿小时候，大概也是四个多月的时候，我也是把她放在床中央认为很安全。然后就去晾衣服，等我回到屋子里时却看不到床上的女儿了，难道她长翅膀飞了吗？惊出一身冷汗。于是就到处寻找，结果发现女儿一声不吭，正躺在床头边桌子底下的一个拐角处呢！到现在，我都不知道女儿是怎么把自己弄到那里去的！

现在，轮到她的儿子源宝摔跤了。这人生第一摔迟早都要摔。今天，摔在了这么有纪念意义的日子里，真是没有白摔啊！后来，源宝和我们一道观看了盛大的阅兵式，兴奋地小腿乱蹬，咿呀乱叫，是个热闹的主。

外婆心得

摔跤还真是人生一个必经的历练呢。当然了，还是要小心为是，尽量避免摔跤事件发生，避免意外。四个月左右大的小婴儿最好睡在有围栏的婴儿床上。如果放在普通的大床上，一定要有专人照看。

2015/9/3

七、婴儿也有社交圈

源宝现在 4 个多月了，每天上午张奶奶都会把他推到一个固定的地方呼吸新鲜空气、晒太阳以及进行令他兴奋的社交活动。

那地方离家很近，在小区的一个人工湖边，有林荫大树，有紫藤缠绕的回廊，还有各种健身器材和可以下棋休息的石桌凳。更主要的是那里空气清新，夏日炎热，坐在石凳上可以感受湖面吹来的丝丝凉风。于是，这里就成了孩子们娱乐玩耍的好地方，也可以说是婴幼儿们的社交场地。

那天我好奇，跟着去看看，哦，真热闹！有奶奶带孙子外婆带外孙的，有全职妈妈带孩子的，也有家里请的阿姨或亲戚带孩子的，基本都是上幼儿园前的婴幼儿，男孩女孩胖的瘦的，调皮的老实的，都有。

源宝刚落脚，就有人喊小地主来了、小地主来了！原来源宝还有绰号啊。哈哈，很贴切，那么胖（还没看到比他胖的娃），小脸肥嘟嘟，活脱脱小地主样。又有人喊小人参娃娃来了！哦，还有另一个绰号，也很形象，你看那小胳膊小腿滚圆如藕节，白嫩嫩的小圆脸喜笑颜开，就会让人想起动画片里那个神通广大做好事的白胖人参娃娃。只见这个阿姨过来摸摸嫩胳膊，那个奶奶过来捏捏小胖腿，还有小姐姐过来和他握握手。没想到源宝在这里这么受欢迎，难怪每天一到时候，他就乱蹬乱踢急不可耐地要出门，感情这里找到感觉了啊。这应该也是源宝人生的第一个社交圈。这样受欢迎，是否预示着长大了是个人见人爱的小帅哥呢？当然了，第一要素就是不能像现在这么胖。

树荫下的源宝和在家里完全不一样了，两只眼睛忙不过来，观察着他所能观察到的一切。而这里所有的一切对他来说都是那么极富魅力。他根本把闹人这件事丢到爪哇国里去了！自然界状态里的孩子极少不开心，而孩子成长所需要的钙质，由于有了阳光的照射，很容易就被吸收。不缺钙的孩子精气神都很棒，夜里也不会闹夜。这是经验。源宝就是这样心情愉悦精神抖擞的小宝宝，极少哭闹。所以，每次回到家，张奶奶都会跟我说，没有哭闹，要不是饿了，还不想回来呢！

有一次张奶奶回来说，有一家的小男孩小鸡鸡那长满了湿疹，哭闹不止，奶奶和妈妈愁容满面。她赶紧把我们家源宝用的一种治疗婴幼儿湿疹的特效药推荐给了她们，试试可管用。另一次张奶奶回来告诉我，看到有一种腰凳，绑在腰间宝宝面朝前稳稳坐在上面，视线非常好，可以尽情观看，开阔宝宝视野，大人也不会很累。我说，那咱也买一个，出门溜达，让源宝坐在上面好好观赏这眼花缭乱的世界。后来，源宝坐在上面可高兴啦。这个小小的婴幼儿社交圈，还有彼此交流育儿经验的功能呢。是个好地方。

外婆心得

宝宝满月后，就可以出门望世界了，范围最好就是家门口风景带，时间也不能长。随着月份的增长，这两者都可以逐步扩大、延长。明显的好处就是增强了宝宝钙的吸收，从小练胆，不畏惧外面的世界。

2015/9/4

八、妈妈上班去了

源宝的妈妈也就是我的女儿小白在休产假整整 5 个月后，到 9 月 6 号就要上班了。这对于她和孩子来说都是个关口。

首先就是哺乳问题，虽说源宝是母乳和牛奶混合喂养的，可是妈妈在家时，他要是哭闹或者不开心，妈妈立刻就可以把他抱在怀里吃奶。而小宝宝们一旦偎依在妈妈温暖的怀抱中，含上了妈妈的乳头，马上就会安静下来，甚至破涕为笑。天性啊！现在妈妈上班要一整天不能回来，乳胀是个问题，宝宝要妈妈更是个问题。为此，小白很纠结，甚至萌生了再请一个月的假，喂宝宝母乳到六个月，然后彻底断奶的念头。因为六个月后，宝宝发育的初期营养基本上可以满足了，稍早或更早都对宝宝的发育不利。如果能更持久地喂养母乳到两周岁的话，那就更好啦。

我不赞成女儿请假，该上班时就得上班。于是，妈妈小白就开始了上班前的准备，她上网买了一个背奶包，这个包是专门为上班又哺乳的妈妈们准备的。包是保温的，里面配有一个装奶瓶和一个蓝冰，奶胀时挤出来放到这里保证不会变质，回家好让宝宝吃到宝贵的母乳。

上班第一天和第二天，妈妈忍不住趁中午休息时间开车回家匆匆喂过宝宝后又急忙赶回单位。两天下来体力就支撑不住了，而且奶水明显稀少了。只好又按既定方针办。好得很，妈妈的奶水又恢复到充足的状态，晚上回来带回满满一瓶奶，一点也没浪费。只是想念儿子难耐，要我发视频给她看，还问儿子可想她？哦，天下所有的妈妈都是一样的。

源宝好像没他妈妈那么纠结，照吃照喝照乐呵。只是在妈妈第一次一整天没回来的那天中午有点闹人，大概是奶瘾上来了，后来吃饱喝足后也就相安无事了。天下所有的孩子也都是一样的哦！

现在，妈妈上班已经一个多星期了，新的生活模式在逐渐形成，妈妈已经能安心工作了，而源宝正茁壮成长。这个关口过得挺顺畅。

关于母乳喂养，说一件发生在我身上的事给大家听。我的妈妈工作忙，生下我几个月后就把我交给了来带我的尤妈。夜里我哭闹，尤妈只好把她的乳头给我吸吮，结果奇迹发生了，多年不曾再生育的尤妈奶汁如泉水一样往外喷涌，而且很浓稠。从此以后，我就有口福了。恍惚间好像我也不知道妈妈和尤妈哪个是我的亲妈了(真是有奶便是娘啊！其实心里明白就是嘴上不说)。直到六岁上小学了,放学回来我还是要吃奶。结果邻居们都来羞我,我就把头藏到尤妈的蓝布大褂襟子里面继续吃。这情景到如今我还记得呢！此后不久,尤妈下决心给我断了奶。后来,在我的成长过程中身体一直都比较健康,大脑也还算管用。也许都与这奶源充足有关吧？我这吃奶的记录或许可以申报吉尼斯世界纪录呢。

现在的孩子,许多连妈妈的奶一口都没吃到过,虽说其他的物质条件都非常好,可是就这一点来说,还是有些悲惨兮兮的。

外婆心得

能母乳喂养的话尽量要母乳喂养,任何添加各种营养的牛奶都不可能和母乳相媲美。上班的妈妈也尽量要做好事前准备,把挤出的奶保存好带回家给宝宝吃,千万不要浪费了。对于孩子来说,妈妈的奶就是无价之宝。

(本文被新浪网推荐到新浪博客首页发表)

2015/9/15

九、米糊、苹果真好吃

张奶奶早就说了，等到源宝整五个月那天(9 月 9 号)给他开吃辅食——营养米糊。

这一天终于来临了！

有经验的张奶奶有条不紊地和米糊。只见她仅仅只舀出了一小团米粉，放在了 50 度的温开水里和一和，米粉立刻就成了米糊。我激动得手忙脚乱，心脏怦怦乱跳。真不知道源宝能否接受人生第一口米糊(饭)呢？

张奶奶把源宝抱在怀里，围上小围兜，舀出一小勺米糊，往源宝嘴里送。源宝看有吃的，就很积极地张开小嘴去吸吮。他还以为是喂他奶呢！吸吮两下后感觉不对劲，就改成直接吞咽。哇，这米糊就顺顺当当地下肚啦！接下来第二口，小家伙似乎明白了一些，咕咚一下就咽了下去。到了第三口,他就开始笑啦,边笑边吃。也许是在想,这么好吃的东西怎么早不给我吃呀！不费吹灰之力,一小团营养米糊就被源宝这小子三口两口吞了下去！我简直不敢相信自己的眼睛。就这么顺当吗？这可是人生第一饭或者叫第一糊啊！听木桐说,她女儿小时候添加辅食米糊的时候,就是不吃,硬是饿了三天才接受这个现实的。我们家的源宝接受新事物的能力也太强了吧。真让人欣喜异常。

第二天,到时间后继续喂源宝米糊。这一天要比头一天多了那么一点点,同样是不费吹灰之力顺利下肚。到了第三天,继续再增加一小点点分量,源宝这时候就有了自主意识,咽下去一口,第二口还没上来,他的小嘴就张开迎接了。真是一个聪明可爱的小馋虫啊!

一周过后,又在米糊中添加了鸡蛋黄。鸡蛋黄的分量也是循序渐进的,从八分之一到现在的二分之一了。谢天谢地,没有出现异常现象,一切正常！现在,小家伙能吃半碗米糊了,如果喂慢了,他还急得哇哇乱叫呢。

昨天,他妈妈下班回来坐在那边抱着他边吃苹果,无意中拿苹果的手放在源宝的面前了。谁知小家伙闻到了果香,立刻从他妈妈手里夺过苹果就往嘴里塞,吃不动就用舌头舔,用小嘴嘬。神情专注而认真,真的是把我们看呆了。才五个多月大啊,牙齿还没长出来呢,怎么就知道要吃苹果呢?看他那津津有味的样子,一定是觉得苹果的味道好极了！看来光是增加辅食鸡蛋营养米糊,已经不能满足源宝的胃口了，他要吃更多的人间美味呢！

其实，我们的计划是今天开始喂源宝苹果泥的。哪知计划赶不上变化，人家主动争取品尝到了苹果的美味。争抢意识很强烈呢！就在刚刚，我们还是按计划行事——开吃苹果泥。源宝一口气吃了很多，苹果都刮下了一个坑，这才是大快朵颐呢。昨天那只能叫浅尝辄止。这孩子，好口味、好口福。今天这苹果是他爸爸从外地专门快递过来的精品水果，我尝了一下，酸甜适中，口感真好！

外婆心得

全母乳喂养的宝宝到六个月后可以添加辅食，母乳和牛奶混合喂养的宝宝到五个月后可以添加辅食，全牛奶喂养的宝宝到四个月后可以添加辅食。一开始不能多，循序渐进逐渐增加，让宝宝的小胃慢慢适应，直到最后断奶。辅食的品种可根据宝宝的胃口而制定，米糊、鸡蛋黄、虾仁、苹果、蔬菜……都是主打品种。

（本文被新浪网推荐到新浪博客首页发表）

2015/9/22

十、怕打针

许多人都害怕打针，我也是。到老了还是害怕。真是羞愧！

源宝也怕打针。但是，这针是必须要打的，不是别的，就是儿童预防接种针！

转眼五个多月了，又到要打针的时候了，我和张奶奶带着源宝来到了社区医疗中心，这里也是儿童预防接种站。源宝本来就喜欢出去逛风景看世界，现在一看有那么多的小朋友，马上就兴奋起来了，又是笑又是蹬，在怀里乱拱乱扭。要是会走路，估计早就跑掉了。这样高兴了一会儿后，我们把他往注射室抱。这一抱不要紧，好像想起了什么，天气晴转阴啦。刚刚还在傻笑，现在咧开小嘴马上就要哭出来了，很害怕无助的样子。肯定是想起了这里是打针的地方！这里他已经来过好几次了，每次来都是笑着进来哭着出去。这一

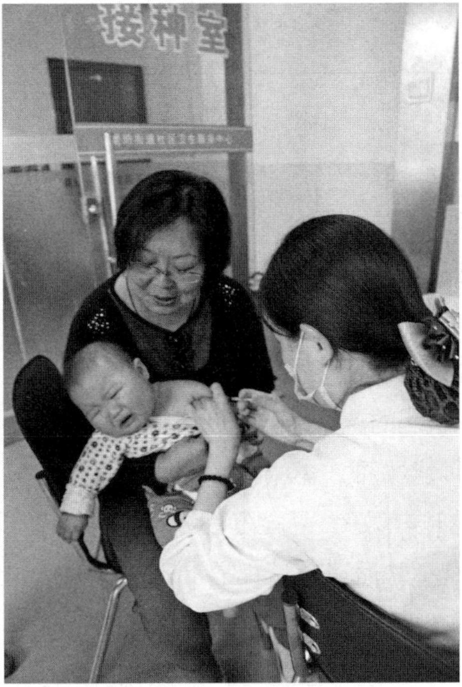

打针可真疼啊

次，他的小脑瓜子记起了痛苦的往事，能不哭吗？

美丽温柔的护士阿姨技术娴熟，对每一位来打针的孩子都是笑脸相迎柔声安慰外加哄骗——马上就好了，一点不疼哦！手起针落，说话间已经打好了。

源宝上场了。对于刚才想起的痛苦往事，此时他好像又忘掉了，笑嘻嘻地看着美丽的护士阿姨。就在他自顾欢乐的时候，那针已经拔出来了，接着肯定是感到了疼痛，再接着自然是号啕一顿大哭,怎么又上当受骗了啊! 他小脑瓜子里肯定是这么想的。

宝宝出生后就开始接种各种疫苗了。到六岁上小学止,大概有22种疫苗要接种。都是由国家免费提供。我们国家是世界上公共卫生防预体系最完备的国家之一。尤其是对儿童的预防接种做得非常到位,从城市到农村,新生儿的预防接种率几乎达到了百分之百。所以啊,源宝,你怕打针也不行。你的人生必须要过了这一关。打了预防针的孩子,能产生对特殊疾病的免疫力,健康茁壮成长。

我大哥最要好的一位同学,成绩好,运动好,五官端正,口齿伶俐,样样都好。可脸上生了麻子! 那是没有接种牛痘,出天花留下的后遗症。我常常还会为他难过呢,也奇怪他为什么不在乎? 现在明白了,曾经,天花病来势凶猛,死亡率很高,不死挺了过来脸上生了麻子那还算是幸运的呢。那时候的孩子许多都是得了这种病夭折的。现在,这种情况几乎见不到了,每一位新生婴儿都得到了及时的预防! 不信,你走在大街上放眼望去,哪个小宝宝不像小天使一样美丽健康!

现在的源宝们多幸福啊! 打针疼就疼吧,为了你们能健康成长,这点皮肉之苦简直就是小蜜罐了。

外婆心得

要及时带宝宝去打预防针。不能因为孩子怕打针，哭天喊地的，就懈怠或拖延。每一个孩子都有一个儿童预防接种证，这个证件很重要，以后孩子上幼儿园和小学都要出示这个证件，上面显示进行了全部的接种后则可顺利入学，否则难以入学。

2015/10/1

十一、饥和寒

老话说，要想宝宝安，三分饥和寒。

这个道理谁都懂。可是，摊到自己头上就不是那样的了。几乎所有的家长都怕自家的宝宝冻着了，饿着了。衣服是越穿多越好，吃的恨不能喂到嗓子眼才开心。

我姐姐年轻的时候做得最夸张。她那宝贝女儿聪明活泼口壮，几个月就能喝鱼汤了，还能吃下好几个鸡蛋，小身体倍儿棒。会走后，这孩子在自家吃过晚饭就到不远处的外婆家（我母亲家）玩。外婆特别疼爱这个心爱的外孙女，照例要把好吃的拿出来给她吃。小家伙胃口好，自然又是一顿猛吃，直吃到要吐了为止。我那时还没孩子，看到这个样子就说了妈妈和姐姐几句，大意是她们惯孩子，不能这样吃，吃坏了怎么办。母亲和姐姐都不高兴了，说孩子哪吃多少了啊！结果，吐过了，她们接着又喂。我简直看不下去了。后来，小外甥女胃口吃伤了,见什么都不爱吃了。

表弟小两口也不懂得怎样带孩子。小宝宝刚出生几天,弟媳奶水不足,他们怕女儿吃不饱,就在冲牛奶时特意多加了分量(爱女心切)。比例超标的浓稠牛奶,宝宝的小胃是承受不了的,他们不懂。小宝宝吃了就吐。生怕宝宝吃不饱,就接着再喂。最后的结果是宝宝小胃彻底受伤,很久才慢慢恢复。长大后一直拒绝喝牛奶。

我女儿出生后,我也是生怕她吃不饱穿不暖。就特别能理解当时我母亲和姐姐为何那样给孩子吃东西。好在我的奶水很充足,吃的问题不用担心。但是在穿的问题上,我真是小心又小心,一有风吹草动马上就给女儿加衣服,神经兮兮的,总以为她穿少了。弄得女儿整天头脑冒汗身上湿漉漉的,反而是经常发烧感冒咳嗽拉肚子。可把我折磨得不轻。这样带大的孩子身体就特别虚,直到现在,我女儿都很瘦弱。一度我都担心她能不能生孩子呢!(当妈的就是这样担惊受怕)

现在,轮到带源宝了,还能重蹈覆辙吗?答案是肯定的!要不是家里请了经验丰富的育婴师,还不知道会是什么样子呢。在吃穿的问题上张奶奶把关很好,我们基本上都听她的安排。比如她说,宝宝的奶粉一定要按照比例配冲,宁愿稀一点也不能稠了。稠了,小宝宝不消化还伤胃。还有,穿衣服不能多,小宝宝乱蹬乱踢运动量大热量就大,只要把小肚子保护好,不要着凉了,其他部位露出来不要紧的。说这话时是春天,源宝经常是裸露着两条小腿呼呼大睡,一次也没感冒过。

国庆节几天，张奶奶休息，等到她来上班的时候可有意见了。原来是她责怪我们给宝宝穿多了。可不是嘛，秋风起秋意凉，时冷时热的气候，就怕宝宝冻着了（老毛病又犯了）。张奶奶不在的几天，我们又是内衣又是外衣还有小背心的往源宝身上套，弄得宝宝整天汗津津的，时常哭哭歪歪，我们也心神不宁，不知道是哪儿不对劲。张奶奶上班来的第一件事就是给宝宝减负，脱去了背心和外套，只穿一件小薄衫，有时候甚至是短袖小汗衫呢！减了负的源宝可开心啦，又恢复了见人就笑的小模样。

话说春捂秋冻，还真是这个理。寒露那天，我抱着源宝到楼下散步，果断没给他加衣服，就是穿着短袖小汗衫，即将迎来半周岁的他小身板硬朗朗的，东张西望兴致勃勃，没有丝毫怕冷的迹象，路人把讶异和欣赏的眼神都投向了这个穿着单薄的小男子汉！

带宝宝一定要坚决贯彻执行“三分饥和寒”的老理，不要太心疼孩子，不要以自己的感觉来揣度孩子的饥寒。喂食要适度饱，不能撑着了；穿衣要适量单薄些，不要捂着了。

（本文被新浪网推荐到新浪博客首页发表）

2015/10/12

十二、小小淡定哥

日子过得真快，转眼就是金秋十月了，一年一度的《合肥晚报》读者节就要在杏花公园举办。在公园的大草坪上，人头攒动，有卖书的，有买书的，有唱歌的，有跳舞的，还有好吃的好喝的好玩的……重要的是每年都会有省内外许多作家前来签名售书，读者在这里可以大饱眼福。极喜庆热闹。

我曾经在这里两次签名售书，场面热烈，带去的书悉数售完。所以，对于这个读者节我又多了一份偏爱之情。

今年的读者节定于 10 月 25 日周日举办，我的许多作家朋友都带着各自的新书前来联袂签售、精彩亮相。我一定要前去祝贺、捧场。

下面就要说到源宝了。杏花公园离我家很近，也就是两站路的长短。大周末的，何不带他前去开开眼界呢？算算源宝已经 6 个月零 16 天了，身高 73 公分，体重 22 斤，已经扎出两颗下乳牙了，是个身体健康心情愉悦的“大小伙子”了，也该多出去走走了！就为这，张奶奶周日的休息调到了周六。外公也兴致勃勃，主动请缨要和张奶奶一道带源宝前往。

我和几位好友先期到达，献上鲜花表达了我们的祝福。签售的台子前已经挤满了读者，合影留念的人、买书要求签名的人挤成了这一团那一堆。人声鼎沸，欢声笑语，和过节一样高兴。这是第一个小高潮。就在这时源宝到了，穿得漂漂亮亮的，戴着小帽子，被外公抱在怀里，张奶奶在一旁推着小推车候着。

源宝在我的朋友圈里那可是很出名的哦！他是我们大家的开心果。有的见过他，有的只是见过照片，对他的小胖肉肉早就想捏一捏了。现在，真正的小人儿来到了现场，大家都很兴奋！掀起了第二个小高潮。

作家朋友们中有的是或即将是祖父母级的人，现在看到了源宝自然是十分喜欢。作家 D 外婆隔着签售桌就把源宝抱了过去。我真担心小家伙认生闹人，那多尴尬。而且现场锣鼓喧天音响很大，相当吵人。可是人家真的好从容淡定，两眼盯着来来往往的人看。尤其是一些著名作家，更是盯着不放，感情他也崇拜大作家啊！

这时在一旁的多年好友 W 急不可耐，大声说我要抱抱源宝、我要抱抱源宝！说话的同时几乎是从别人怀里抢过去的。源宝也不害怕，任由 W 又亲又抱。另一位好友 H 一把又把源宝从 W 的怀里抢到了她的怀里。源宝和她也很亲近,小脸贴着这位朋友的脸。乐得好友 H 都不知道怎么高兴才好了。

著名作家 S,天性中带着童真。他见到源宝后,赶紧就从签售桌子那边跑好远绕到了我们这边来,一把就把宝宝抱了过去。可是他一个大男人,不知道怎么抱孩子,只见他勾腰哈背把源宝捧到怀里,差点没秃噜到地上。外公见状赶紧接着。两个老男人捧着一个小男孩,欢喜得不得了,笑成了一团。人的天性啊,对新生命的由衷喜爱和稀罕!就是这样的欢闹,源宝一点也没有表现出不适,从容淡定配合着大家的拥抱和拍照。朋友们都很惊讶,齐声赞叹:淡定哥源宝!

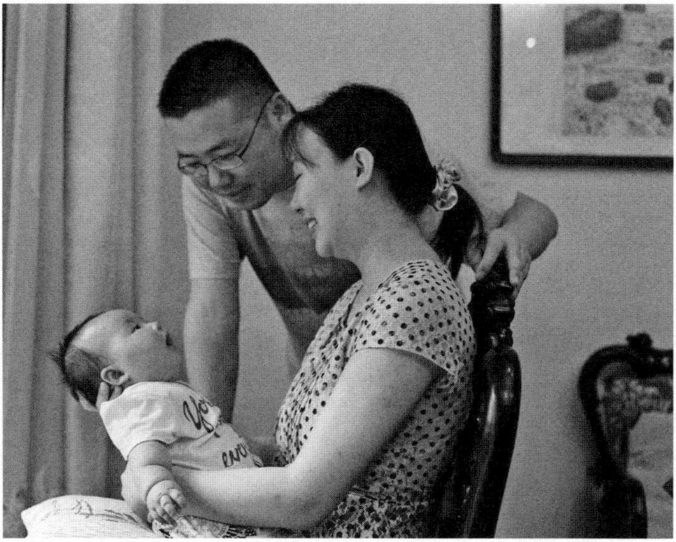

父母手中宝

我回来跟女儿说，你家源宝可不得了哦，那么吵闹，那么多人你抱过来我抱过去，人家都不哭不闹配合拍照。女儿说，源宝有灵性，知道你那些朋友都是好人，都是努力向上有成就的人士，当然不会哭啦。

这话还真有道理，中国民间早有说法，小宝宝都是有灵性的，自然天性就懂得趋利避害，越小越灵敏。再说了，张奶奶每天都带着源宝到小湖边晒太阳，进行了小范围的社交活动，也逐渐锻炼了他的胆魄。见到大场面，自然淡定从容啦！

外婆心得

小宝宝要适当和外界多接触。这是一个多元化开放的世界，从小锻炼不怕陌生环境的胆魄，对成长十分有利。

（本文被新浪网推荐到新浪博客首页发表）

2015/11/4

十三、旧衣温暖

二姐昨天又带着她的 5 岁小外孙来玩了，同时还带来了一大包他的旧衣服。有小棉袄、小棉裤、小背心、小羽绒服、小鞋子、小袜子、小夹克衫等。

说是旧衣服，其实有许多都是八九成新，还有几件几乎没穿过就小了的。二姐细心，这些小衣服都仔细收好着呢。当时也不是想叫她的女儿生二胎（依那时的政策外甥女夫妇是双独，可以生二胎的），留着继续用。只是觉得这些小衣服这么簇新就扔了，或者随便送人太可惜，留着兴许有用呢！这不，还真派上用场了。

自从源宝出生后，他就享受到了穿小哥哥旧衣的特殊待遇。我说“享受”二字，不是夸张。新生儿的皮肤非常嫩，最好是穿别的孩子穿过的旧衣。旧衣绵软服帖，有害物质也都洗净，婴儿穿在身上可不就是“享受”二字？新衣服比较硬，会使婴儿感到不适甚至对身体还会有伤害。所以,在民间传统中,有专门找人要旧衣给婴儿穿的习俗。只是这些年这种情况越来越少了。

现在,家家的孩子都是宝,外加攀比心作祟,都想给宝宝穿上最新最时髦的漂亮衣服,抱出门那可真长脸啊。于是,儿童服装的价格也是节节攀升。我到童装店里给源宝买衣服,一双名牌小袜子就要几十元,名牌小裤子要二三百元。感觉实在太贵了。虽说我也十分疼爱自己的小外孙,可我还是挑选那些价格适中、做工面料都很好的非大品牌的童装买,这就是我的消费观念。小宝宝长得飞快,一件衣服穿不了多久就小了,没有必要花那么大的价钱给孩子买衣服。我也不想和别人家攀比什么,孩子就是孩子,一件衣服说明不了什么。

二姐一开始还担心我不要旧衣服呢,小心翼翼试探,说她家有宝宝的小衣服,要是要的话她就拿来。我一听,高兴得不得了。一来源宝有柔软的小衣服穿了,嫩皮肤可以得到呵护;二来还省下了不少买衣服的开支;三来旧物利用,节省资源。好处真是太多啦!所以,每次二姐送旧衣服来,我就跑到菜市场去买正宗的土老母鸡炖汤给她喝,少不了还陪二姐喝二两老酒。我说,省下的钱咱买好吃的也是个不错的选择。姐妹俩边吃边喝边说笑,其乐融融。到了我们这个当祖母的年纪,能有这样的姐妹亲情往来,有精力扶持下一代成长,真是好幸福。

记得我女儿小的时候，也是穿旧衣的，那些旧衣大都来自哥哥姐姐的孩子们。旧衣的传递，不仅解决了女儿的穿衣问题，也温暖着我的心，感受到来自哥哥姐姐的关爱。现在，这份关爱依然传递着。

冬天已经到来，源宝 7 个月大了，二姐及时送来了源宝过冬的棉衣。虽说是小哥哥穿过的旧衣服，可是，在我看来，这些旧衣带着小哥哥的体温，带着二姨姥姥的关爱，会给源宝带来整个冬天的温暖！

外婆心得

如果有旧衣可拾的话，一定不要拒绝别人的帮助。给宝宝穿旧衣是非常好的事情。不要说“我家宝宝可精贵了不能穿旧衣”这样的话。

（本文被新浪网推荐到新浪博客首页发表）

2015/11/14

十四、爬爬垫上的“自由泳”

为了让源宝更好地练习爬行，我的外甥女也就是源宝的姨妈小莹在国庆节的时候特意买了一个漂亮的爬爬垫送来。我们就把它放在宽大的客厅正中间。

那时的源宝 5 个多月大，连坐都坐不稳呢，可是看到了有美丽大森林图案厚实柔软的爬爬垫，真是欢天喜地。从此，这个爬爬垫就成了源宝的开心乐园。

他在上面仰面躺着，手里拿着最心爱的拨浪鼓使劲地摇啊摇。拨浪鼓随即发出悦耳的鼓声，源宝就嘎嘎地傻笑。这样的光景可以持续较长一段时间。感觉有些厌烦了的时候，就变成在爬爬垫上翻滚。左翻翻右翻翻，滚来滚去，不一会儿就滚出了一身汗。歇一歇后，就靠在大人的怀里，捧着最喜欢的小足球乱颠，不断晃动着小脑袋，前后扭动着小腰，累得呼哧呼哧直喘粗气。玩累了困了，就地在爬爬垫上睡上一大觉。醒来，就地喝水喝牛奶吃辅食吃水果。

这爬爬垫上的小日子过得真滋润。

源宝很想自己爬行，可是身子就是不听脑袋的使唤。看到爬爬垫上那头的各式玩具，他会奋不顾身地去取。结果，伸出去一只小手后另一只被压在肚皮底下的小手怎么也伸不出来了，急得在原地直打转，或者向后退爬。结果是离想要的玩具越来越远。一不小心还把自己后退到了大椅子底下。在一旁的我干着急无用。看来，宝宝们想学会爬行真的很难啊！

有一天，我发现源宝侧着身子躺在爬爬垫上，一只胳膊撑在地上，另一只胳膊和腿向后一摆，形成了一个大雁展翅的姿势，优美极了。这姿势是动态的，而且他不能很好地掌握技巧，只能侧身立着几秒甚至是一两秒的时间。可是他非常有耐心和毅力，只要有可能就不断重复这个动作。终于可以比较自如地“展翅飞翔”了。后来我又发现，只要是爬行受阻，源宝就干脆侧身“飞翔”，而且是非常享受的模样。感情这是在“曲线救国”啊！曾经在寺庙里看过侧卧的大佛，姿态多么优雅安详。也听医生们讲过，人的睡姿最好是侧卧，这是最健康的。七个月大的小源宝肯定是不知道这些的，可是他用最纯真的感觉演绎了这个健康理念。这也是人类的原始本能吧？

11 月 28 号周六，全家人欢聚一堂，欣赏爬爬垫上的源宝表演他舒服的侧卧身姿。突然，他一个俯卧，迅速地向着一个喜欢的小毛毛虫玩具爬去，右胳膊一个大划拉，接着左胳膊不费事就从压着的肚皮底下抽了出来，又是一个大划拉，同时，小身子配合着匍匐前进。如此反复，接近目标时一个冲刺，准确果断地就把玩具抓在了手中。大家都看呆了，反应过来后，齐声欢呼：源宝会爬啦！源宝会爬啦！

为了验证这件事的真实性，我们反复用玩具“勾引”源宝去抓。这小子真有两下子，还是甩开臂膀，左一划拉右一划拉，匍匐前进，打得爬爬垫啪啪响。犹如游泳池里的帅哥运动员在进行自由泳比赛，尤其是接近目标后的一个猛扑，就像即将到达终点的冲刺，必须用尽全身的力气去拼搏。

生命的成长既艰难又欢悦。无论如何，7 个月零 19 天的源宝会爬了，姿势优美标准，堪称爬爬垫上的“自由泳”。写下此文，以示庆贺。

外婆心得

在宝宝学爬的过程中一定要有一个舒适柔软的爬爬垫，让宝宝在上面“摸爬滚打”，充分发挥他们的主观能动性。经过一段时间，宝宝的身体协调性会得到很好的锻炼。孩子会爬了，离走路就不远了，胜利在望。

（本文被新浪网推荐到新浪博客首页发表）

2015/12/1

十五、到乡下去见世面

节令已过大雪，源宝满 8 个月大了。两颗下门牙扎得齐齐整整，上右门牙也露出了尖尖角，在爬爬垫上可爬可坐，爬坐之间变换自由，身手灵活。家门口的小花小草小水塘和小朋友们已经不能满足他日益丰富的大脑和好奇心，他要到更广阔的天地里去撒野，去了解这个需要他一辈子不断探索的世界。到哪里去合适呢？说是 8 个月的“大小伙子”，还不是自我陶醉说笑，真要出远门还是必须慎重考虑的。

我的好友 Y，她家祖屋就在离市区不远的肥东县撮镇农村，这几年我们经常结伴去那里“偷菜”。祖屋的门前和屋后都是菜地，那绿油油的小白菜香菜大蒜苗，水灵灵的萝卜，尽管去摘去拔。度过了许多欢快时光。

今年冬天大家还没去过，都心痒难耐呢。有个朋友人称徽州遗少，文章写得好不说，还是个美食家，他提议由他掌勺到 Y 的乡下老屋去煮大锅肉烧大锅饭吃，一下子得到了热烈响应。时间就定在 12 月 11 号。本来我是一人参加的，可是转念一想，何不也带上源宝去乡下吃大肉呢？主意一定，渴望的情绪就弥漫开来，巴不得这一天快快到来。现在到农村去休闲最受欢迎。

自从源宝在读者节上露过脸后，他淡定的模样已给人深刻印象，这一次，会是怎样的表现呢？

12 月 11 号上午，一番忙碌，我就开车带上源宝和张奶奶出发了。一路顺畅，40 分钟后小车子直接就开到了 Y 老屋门口。城里的雾霾很严重，到了这里明显好多了。先期到来的朋友们兴奋地涌了过来，都想一睹源宝小帅哥的风采呢！这时候的源宝刚刚睡醒，眼一睁看到了这么多花枝招展的美女外婆，一下子就懵掉了，小嘴一撇哇哇大哭。这和读者节上淡定从容的模样大相径庭，弄得大家想抱他也不敢抱，想哄他也哄不好。我这个当外婆的也手足无措，只好把他抱到一边躲开人群，又颠又哄。但这也不能止住他的哭声。张奶奶只好把他抱到更远的菜地旁边，看一位老农奶奶挖白菜，看小土狗跑来跑去，看小鸡上稻草堆。这些不曾看到过的景象吸引了他的注意力，止住了哭声。

好没面子哦！源宝不是见过大世面的吗？怎么这等哭法，是我事先没想到的。看来，小宝宝并不是所有的社交场合都能很快适应呢。尤其是刚刚睡醒，一切都还在朦胧之中，平常在家之时都还要撇撇小嘴才能醒过来，现在来到了陌生的乡下还有那么多陌生的面孔,一下子不能接受,号啕大哭,也在情理之中。

饭菜上桌了,一大盆萝卜红烧肉、一大瓦罐腌笃鲜、四季豆烧肉、油炸花生米、卤猪蹄……全是乡下土菜,热气腾腾香气弥漫。尤其是那罐腌笃鲜是地道的徽州菜,是用火腿冬笋蹄髈和油豆腐果文火几个小时炖出来的,鲜美到哭!徽州遗少好厨艺!有嘴馋的站在那就动筷子了,结果所有人竟相效仿,全都站在那开吃起来。

张奶奶抱着源宝也来了。此时的小宝宝已经清醒了,也哭够了,情绪饱满。面对这哄闹的饕餮场面,瞪着一双好奇的双眼。不明白爷爷奶奶外公外婆们怎么这么好吃啊?当然了,时不时还吸溜自己的小嘴咽咽口水,你们吃怎么不给我吃?我也很馋啊!知道源宝的心思,我夹了星点肉烧萝卜放到他嘴里,解解馋吧。源宝津津有味地吃着,看样子很高兴。总算没白来一趟乡下,尝到肉味啦!

接下来的时光就是好时光了,源宝接受了每一位爱他的人的拥抱,真是幸运的孩子啊!

拍合影的时候,源宝尤其配合,一改刚来时的乌云弥漫,咧开小嘴露出了阳光般的笑颜,为这次乡下之行画上了圆满句号。

随着月份的增长，要经常带宝宝到外面去经风雨见世面。世面见多了，胆子自然就会增大。城市附近的乡下是不错的选择。

（本文被新浪网推荐到新浪博客首页发表）

2015/12/15

十六、生病的日子不好过

好日子总是过得很快。

源宝自打出生到现在8个多月了,基本没生过病,我们心中不免窃喜。这窃喜是万万要不得的,这不,就出事情了。

周日是张奶奶休息的时间,照例是由外公抱出去溜达(每天出去一趟已成惯例)。节令冬至已过,是真正的数九寒天了,可是俺们源宝的外公认为小孩子就要冻一冻才好,连帽子也不给他戴就抱出去溜达了(当时我买菜去了,未能及时阻止)。而且还溜达了很长时间,回来后小宝宝鼻涕直淌。我们都以为源宝身体好,也没当回事。

可是到了晚上情况就大变了,从来不哭闹的源宝拼命哭嚎,再怎么哄都哄不好了,接着就是大口吐奶,小脸都憋得通红,上气接不上下气了。一摸身上热乎乎的,赶紧用体温计量一量,有些发烧,不过没到38度。这可怎么办啊?! 看着孩子哭嚎的痛苦模样,我的心都碎掉了!我和女儿轮流把他搂在怀里拼命安抚,想让他安静下来,又找出家里常备的小儿某茶颗粒冲上开水给他喝。你别说,这药还真管用,不一会儿,小家伙就安静多了,再后来就慢慢睡着了。

一夜惊魂,我们是不敢睡觉了。本来打算晚上就去医院的,看孩子睡着了,且烧也不高,就没去。第二天赶紧带孩子上医院,还好,源宝没有继续发烧,就是鼻涕眼泪一大把,外加不断咳嗽,小脸快成糨糊盆了。医生说是感冒,喉咙有些炎症,无大碍,开了三种药让我们回来给孩子吃。

喂8个多月大的宝宝吃药真是硬功夫啊!好在张奶奶是经过培训的育婴师,只见她把源宝抱在怀里,用自己的左手抓住源宝的右手不让他乱抓乱挠,再用右手端着咳嗽糖浆之类的药水顺着源宝小嘴巴的舌根部位往里喂。也真有效,虽说宝宝在哭闹,可也吞咽下去了,而且没有呛着。如此三种药喂下去,我也紧张得出了一身汗,源宝也哭得快岔气了。一天三次,每次都是这样紧张、艰难。到后来,源宝一看到我们搬小板凳抱他坐下就意识到要喂药了,吓得头直往怀里钻,恐惧伤心地哀嚎。可是为了宝宝早日康复,大人不得不狠下心来继续给他灌药。

感冒的症状主要就是咳嗽流鼻涕,对于8个月大的宝宝来说,咳嗽起来也是很可怜的,他更不会擤鼻涕,只能任鼻涕堵塞鼻腔。吃奶喝水都喘不过气来,喝两口就要停下来呼吸换气,急得哇哇直叫,越叫鼻涕越多越堵塞。于是,经常就把刚吃进去的奶吐了出来。可遭罪了。最严重的那几天，家里所有的小毛巾都用上了，不断洗，不断擦，可怜宝宝的鼻子都要擦破了。

一周后，源宝的病情逐渐好转。前天去复查，医生说再吃两天就可以停药了。从今天开始，源宝就不用灌药啦，这是我最开心的事。以后再也不敢在寒冬腊月把孩子光着头带到外面去“锻炼”了，生病的日子真难熬啊！

俺们源宝的外公一看自己闯了大祸，老实得不得了。连忙请假不去上班了，留在家照顾宝宝。对于我们的指责也是低头认错。看他这样的态度，我们也就没有痛打落水狗。人家也是好心做了错事，可以谅解。

外婆心得

话说小孩子要春捂秋冻，但不是大冬天的光着头去冻。再健康的孩子也经不住这样的折腾。何况小宝宝在六个月后自身的免疫力就开始下降，这时候很容易生病，家长们更要细心照料才是。另外，宝宝如果夜里发烧不到38度，可以不去医院，自行降温，密切关注。一旦烧到38度及其以上，千万不要耽搁，立即带孩子去医院，确保不出意外。

（本文被新浪网推荐到新浪博客首页发表）

2016/1/6

十七、宝宝的情感世界

曾经写过和台湾联合报 80 多岁的老记者吴心白老先生交往的回忆文章。他每次回大陆来和家乡的我们相聚，都如孩童一般欢快，仿佛回到了童年。临走时一步三回头那恋恋不舍的神情，如同孩子离开娘，令人伤感。人心不会老的！

同样，小宝宝的心也是不会小的！除了不会说话，他们什么不知道？所以，对待宝宝的情感一样不能小觑。

昨日，我的陕西小老乡 F 姑娘给源宝亲手缝制了背带棉裤送过来，也带来了自己 8 个月大的漂亮女儿小苹果到我家做客。刚一进门，连鞋还没来得及换，源宝就扑了上去，兴奋得双眼放光嗷嗷直叫，两只小手上去就要搂抱小妹妹，接着就是手舞足蹈不知所措的样子。F 姑娘看源宝这样兴奋，只好把他也抱在怀里，一手抱一个，让他和小美眉更接近一些，来安抚他那颗喜悦异常的心。就这样乐呵了好一会儿，客人才算正式落座。

对于源宝这样近乎疯狂的举动，在一旁的我都看傻眼了，张奶奶也非常诧异。张奶奶说，平日里带他出去溜达，也见过许多小朋友，源宝只不过是感到快乐而已，绝不会如此狂喜。

还记得F姑娘元旦那天第一次到我家来，源宝见到她就喜欢得不得了，不仅要她抱，还把双脚蹬在F姑娘的肚皮上往上攀登，猴得不成样子。这哪像是第一次见面的人呢！都好像是熟悉几个世纪了。

这又让我想起来一件事，也就是前天，带源宝去打预防针，看到了许多小朋友，他也很高兴，又蹦又跳上下乱蹬，可一眨眼小脸就晴转阴了。没人惹他啊？定睛一看，原来不远处有个奶奶在笑着逗源宝玩呢。可是源宝看到她的表情后，不仅没笑还号啕大哭起来。弄得那个奶奶很尴尬，赶紧说不逗了、不逗了。悻悻然离开。小朋友的情感世界真的好丰富好令人难以捉摸哦！

落座后，源宝的视线就没有离开过小苹果。小苹果长得真漂亮！皮肤雪白粉嫩，面如满月，穿着她妈妈亲手缝制的桃红色棉袄棉裤，安静地坐在那儿，真是爱煞人也！人家小美眉来到了陌生的环境外加对着这样一个热情过头的小哥哥，一点也不害怕，不卑不亢，神色自然，展现了一个大家闺秀的优秀潜质。两个小金童玉女坐在爬爬垫上玩玩具，源宝一会儿想亲亲人家，一会儿又想摸摸人家，一会儿长嚎几声，一会儿又乱爬乱挠。总之，一刻也没有安静的时候了。年轻的男子见到了自己心仪的女孩子，也不过就是如此的表现吧?！我看这就是诗经《关雎》上最著名的那句“窈窕淑女，君子好逑”的迷你版。

在一旁的大人们都快笑岔气了，不断逗着笑话。大人们的思想总是俗不可耐。可人家源宝也许只是在想，这个来我家的小美眉，多好看啊，我好喜欢她，我好快乐啊！

过了几天，是元月 20 日，F 姑娘带着 8 岁的儿子大宝和女儿小苹果又来造访，她是给源宝送棉衣来的。上次带来的连体棉裤有点儿长，量好尺寸后带回去再缝上，这次还带来了新缝制的小棉袄。

源宝午睡刚醒，睡眼惺忪，精神还没缓过来。我还担心家里一下子来了这么多人，他是否会哭闹。可是，这担心是多余的。源宝看到小苹果来了，立刻精神抖擞，开怀大笑。等小苹果坐到爬爬垫上后，源宝坐到她的旁边，欣喜地看着她，不停地伸出小手去撩拨小美眉。要不是张奶奶在一旁拽住小源宝的衣服，他基本上就要扑到小苹果的身上了。小苹果美眉还是那么淡定，不卑不亢。在一旁的小哥哥看到这情景脱口而出，他们是在约会呢。这个 8 岁的小大人还真会形容。都说童言无忌，看来不错。大人们看到这三个小天使般的孩子在欢乐嬉戏，真感到幸福无比啊！这情景真是难得一见。现在的孩子在任何一个家庭都很金贵的，一下子有三个

戴将军帽的萌娃

可爱宝宝在眼前晃荡,的确令人兴奋。

F 姑娘亲手缝制的棉衣实在太合身太暖和了。赶在大雪之前及时送来,真是源宝的福分。

只玩耍了一会儿,F 姑娘还有事情要办,他们母子三人就匆匆走了。过后,源宝坐在那儿愣神,怎么逗他也不笑,两眼发直若有所思回味无穷的模样,好像还沉浸在幸福的回忆之中。

这种状况,要不是亲身经历,怎么都不会相信的,9 个月大的孩子,他的内心世界多么丰富啊!他的喜怒哀乐和我们大人有区别吗?我感觉是一样的。源宝真的是很喜欢小苹果美眉。

我们总说天性、天性的，这不就是人的天性。蒙童时期展现的就是人类最本真最美好与生俱来的骨子里的天性。和孩子们在一起，看到这样的美好情景，我们这颗被世俗荼毒污染的心都跟着清亮干净了许多。

9 个月大的源宝就能准确表达自己的喜怒哀乐和情感诉求。人类进化的步伐令人咋舌。

外婆心得

千万不要忽视了小宝宝的情感诉求，他们都是小人精。大人们说话、做事，都不要太随意太轻率，以为小孩子家家的什么都不懂。其实，他们从一生下来心里就明白着呢，只是不会说话不会表达而已。

（本文被新浪网推荐到新浪博客首页发表）

2016/1/23

十八、学步车带来的惊喜

源宝是7个多月会自由爬行的。可是他并不满足爬行带来的乐趣，紧接着就试图站立。他两只小手趴在地上小屁股撅得老高，两条小腿尽量朝后伸直，这样就形成了四肢着地屁股朝天的姿势。其实他是想借力站起来。可是，最后的结果不是他想象的站立起来了，而是一屁股歪到了地上。他并不气馁，每天都不厌其烦地重复这个动作，直到有一天他扶着一个小板凳或沙发椅子真的能够站起来了。那个高兴劲呀。看来得有个学步车了。

根据源宝的发育程度，让他9个月开始坐学步车最合适。上网一查学步车的式样太多啦，我们决定就买那种圆形的最简单式样的，既经济又实用还非常灵活。

9个月那天，学步车正好到家。把源宝往里一放，他仅仅只愣怔了几秒钟，立刻就像草原上撒欢的小骑手一样驾驶着他的小坐骑在屋子里跑起来了。边跑边笑边大叫,兴奋异常。当然了,他还没有学会驾驶这个小坐骑,只是顺着这个小坐骑到处滑,滑到哪就是哪。一会儿滑到了餐桌旁,一会儿滑到了走廊里,一会儿又滑到了电视机柜前。这种自由自在独来独往的感觉真是太美妙啦!我们试图把他从滑滑车(我们觉得这个名称更合适)上抱下来,他哪儿愿意啊。也罢,就让他过把瘾吧。

其实还有一种感觉,那就是“从猿到人”。真的不夸张啊,小宝宝天天在地上爬,视线都是低矮的。只有被大人抱在怀里时才可以平视周围的事物。更多时候他们的视线和行动都受到很大约束。现在,一只滑滑车使小家伙直立行走了,而且是想到哪就到哪,这种前所未有的自由度和参与度,怎么不令宝宝们惊喜异常呢!如果说爬行的小宝宝们是一只小猿猴的话,那么坐在滑滑车上到处跑的小宝宝们就蜕变成人了。只有人类是直立行走的,也只有直立行走后解放了双手开阔了视野,人类才最终演化为最高级的灵长类动物。可喜可贺。现在源宝已经完成了从猿到人的转变,自由自在直立行走在自己的小家园。婴幼儿的成长史也就是人类进化史的缩影啊!

第二天,源宝似乎掌握了驾驶滑滑车的技巧,不是滑滑车带着他跑,而是他操纵着滑滑车跑了。他要前行就两只脚都用劲朝前跑,他要后退就撅着小屁股往后退,他要向左或向右,就用其中的一只脚划拉。那个猴劲,没见过。本来以为有了滑滑车我们大人可以解放了，至少不用那么费劲抱他了。谁知新的情况又出现了。他是眼到腿到手也到，原来够不到的东西，现在随手可得。一下子把椅子上的东西全部划拉掉地，又一下子把垃圾桶打翻，危险物眨眼就拿到了手中。稀奇的是，他最爱往厨房跑。厨房里的杂物比较多，他进去后就横扫一切，乱拽乱扯，眨眼工夫，蔬菜扔了一地，扫把已经握在手中。这可怎么得了哦！我们共同认为，这孩子长大了恐怕要当个厨师，你看他那么喜欢厨房。

现在，每天上午吃饱喝足后，源宝坐上滑滑车就开始了他的巡游。每间屋子都要进去看一看。为此，我们已经把可能被他拽倒或打翻的东西搬到了他够不到的地方。巡游过后，照例就要到他最喜欢的厨房去呆一呆，最后来到客厅开始大闹天宫。

外婆心得

在宝宝爬和行走之间有一个蹒跚学步的过程，这个过程非常重要也非常关键。在宝宝腰杆比较硬朗（大部分孩子在9个月左右）的时候，可考虑买个学步车，让宝宝自由自在地学步成长。

（本文被新浪网推荐到新浪博客首页发表）

2016/1/25

十九、我家有只“熊出没”

春节期间,源宝十个月了。想到这全家人都是喜形于色。日子就这样一天天熬过来了,不容易呀,眼见着小家伙就要会走路了。

此前给他买的滑滑车(学步车)让小家伙着实兴奋和快乐。考虑到滑滑车的优缺点(有说不利于宝宝骨骼发育),我们每天只让他驾驶着自己的小坐骑在家里各个角落巡视一番过过瘾,时间不会长。即使这样,稍不留神,不是小椅子被掀翻,就是墙角的花瓶被拽倒。真让人心惊胆战,只好步步紧跟。

其实十个月大的源宝最喜欢的还是爬行,这一点和他妈妈小时候可是太相像了。他妈妈快会走路的时候是在夏天,每天穿着背心和小裤衩光着个小腿在房间里爬来爬去,爬着爬着自己就会走路了。现在,她的儿子源宝也是在房间里爬来爬去，只不过是寒冬腊月，身上穿着厚棉衣。尤其是那件他F阿姨亲手做的连背肩的厚棉裤，用的是老家地里种出的新棉花，松软保暖，穿在身上护着胸口和肚子，也很舒服。

现在，只要不坐滑滑车，一把源宝放到爬爬垫上，眨眼的工夫他就爬出了爬爬垫的范围（爬爬垫已经不能满足他日益开阔的眼界了），往他最心仪的厨房爬去，速度之快，令人惊讶。我们赶紧把他抱回，还没松手，他又挣扎着下地，继续爬行。这一次目的地是吃饭桌，因为那儿有几把椅子，扶着椅子他就可以站起来了。站起来后，他会很怡然自得地朝我们

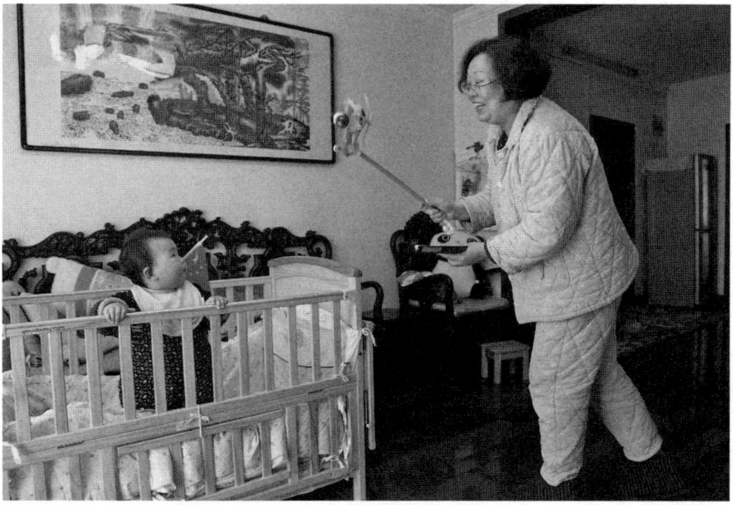

奶孙乐

这边张望。意思是说，怎么样，我能站起来了呢！椅子容易被他弄倒，有危险，再把他抱回到爬爬垫上，他哪里甘心！继续着爬行的伟大事业。

这一次他瞅准了走廊。走廊长长的、直直的，尽头就是储藏室，我抱着他曾经视察过。里面藏着许多吸引人眼球的乱七八糟的物什，他对那里很感兴趣。这个神秘的地方得去看看。于是，源宝背着个大棉裤，晃动着小屁股，顺着地板快速朝前爬行。

我们大人从上往下观看，简直忍俊不禁，这不就是一只动作敏捷的地老鼠吗？哧溜溜爬到这，哧溜溜又滚到那。不对，看那两个肥大的棉裤桶，就像动画片《熊出没》里熊大熊二的两只大胖腿。再看他行动敏捷无处不到的机灵劲，简直就是出没于家里的小熊熊啊！这一重大发现，让全家人哄笑了半天，家里有个小宝宝真是乐趣无穷啊！

就这样，整个春节期间，我家的这只小熊熊快乐自由地出没于房间的各个角落。得到了很好的爬行锻炼。现在，源宝已经能够爬到椅子旁扶着把手轻松站立起来了。站起来后，他就尝试着松开手独自站立。从一开始的只能站立几秒钟，到现在已经能够站立半分钟以上了。每当这个时候，小家伙都会露出非常自信满足的神色，似乎又在说，怎么样？我小熊熊牛吧，不久我就会走路了！

想着这一天就要到来，我们全家人又笑得合不拢嘴了。

外婆心得

爬行是对宝宝最好的锻炼，有利于大脑和四肢的发育。只要有可能，就让你家的宝宝尽情爬行吧。

（本文被新浪网推荐到新浪博客首页发表）

2016/2/20

二十、十个月宝宝显智慧

最近一段时间，十个多月大的源宝喜欢哇哇大叫，甚至是扯开嗓子大吼，随之会蹦出诸如爸爸、妈妈之类似是而非的呼喊。这时候，源宝的爸爸妈妈激动得都快 HOLD 不住了，幸福啊，儿子会喊爸爸妈妈了。可是，隔一会儿，你再叫他喊，小家伙喊出的却是“啪啪”“么么”。哈哈，别太得意了，那是源宝在练习发声呢，瞎蒙的。到真正会喊爸爸妈妈还要有一个过程。

虽说整天哇哇乱叫，可这并不妨碍源宝用肢体语言清晰地表达他的思想（宝宝们都有思想），有模有样地模仿大人的举动。

比如，我们说欢迎欢迎，他就会笑眯眯地拍拍小手，有时候还拍得啪啪响呢。我们要是说再见，他就知道是挥挥小手。如果问亮灯呢？他一定会立刻朝头顶上的吊灯指，绝不含糊。给他一面小国旗，就会像模像样地摇啊摇呢，俨然小小爱国者。

现在，源宝已经知道电视遥控器和电视的关系，只要他把遥控器拿到手，就用那可爱的小胖手指头挨个在键盘上按，边按边朝电视屏幕看，虽说他是胡乱按，总能蒙对几次出现换频道现象。这时候，源宝别提有多得意了。他还会拿着手机刷屏，像模像样地用食指在手机屏幕上一滑一滑的，完了还要把手机翻过来看看背面，试图弄明白手机里的图像是不是从背面而来。这一代孩子长大后操控网络电脑之类的，恐怕都是无师自通。

最为奇特的是，他清晰地知道镜子里的那个宝宝就是他自己！外公时常抱着他在穿衣镜前照镜子。小宝宝对镜子里的外公和自己都很感兴趣。如果这时候我也出现在镜子里面，他会立刻回头寻找，看到后马上兴奋得手舞足蹈。如果我对着镜子里的源宝拍打，他会吓得眼直眨。他很清楚，那个镜子里被拍打的就是镜子外面的自己。这样清晰的思维真令人惊讶。一般来说，宝宝周岁后才能清楚地知道镜子中的自己。现在优生优育的孩子个个都是小鬼灵精，头脑都像上了润滑油。

最近一段时间我感冒咳嗽，有些严重。每当我咳嗽得很厉害的时候，他就会停下玩耍，两眼直直地盯着我，然后也跟着咳咳咳，他是在学我咳嗽呢！你说说，才十个月大啊，竟然学我咳嗽！不仅如此，边咳嗽还边一脸的坏笑。谁教的？有一次我在他面前梳头，他就嗷嗷叫要梳子，递给他后，人家马上就模仿着去梳头。还有一次把他妈妈的头花拿到手后直接就往自己的头上放。这几天，已经会拿着门铃对讲机放在耳边“喂喂”的了。后来发展到但凡像是电话或者手机的东西，他拿到后都要放到耳边“喂喂”两下。

十个月大的孩子已经很有智慧了。所以说，不能小瞧了小宝宝们的智商，大人的一举一动都印在他们的脑海里呢。如果我们整天粗言秽语，那对小宝宝的坏作用可能都会伴随一生。家长们啊，可要管好自己的言行，给我们的孩子作出好的榜样啊！

外婆心得

十个月大的宝宝大脑发育加快，模仿力惊人，记忆力也迅速增强。这个时候大人一定要注重自身的修养，言行举止要文明，给孩子作出好的榜样。还要关注宝宝的一言一行，及时给予正确的引导，最大限度开发好宝宝的智慧。

（本文被新浪网推荐到新浪博客首页发表）

2016/2/29

二十一、春天带宝宝到撮镇去撒野

春天真的来了!

喜悦的翅膀煽动着双脚,该是出去撒野的时候啦。到哪儿最合适呢?这个不用讨论,大家一致的渴望是到好友Y的老家肥东撮镇去挖荠菜。你想想,我们这个年纪的人如果没有在春天里去挖一次荠菜,不是辜负了这一季的春光吗?也不能叫撒野了。在我们小的时候,春天里挎着小篮子,小姐妹们结伴到田野里去挖荠菜,那是年年要做的事情,多么欢快。小小的荠菜,香喷喷的荠菜,最美味的荠菜,承载着我们多少梦幻天真美妙纯净的童年记忆啊!

从周一就开始倒计时,熬到周六出发,那真是数着过啊。当我开车带着源宝和张奶奶抵达目的地——Y童年生活的老屋时,大家几乎全都到齐了,要说开会发钱恐怕都没有这么整齐。

老屋坐落在肥东县撮镇马路边的一个普通小村庄——振兴村袁后庄。这个地方我已经来过多次。每次来都像第一次来时那样激动兴奋。喜欢女主人的文静含蓄聪明能干吃苦耐劳的优秀品质；喜欢她家老屋带着岁月醇厚和温馨的质朴宁静；喜欢老屋门前那一块块生机勃勃长满了新鲜蔬菜的菜园子；喜欢无遮无拦恣意吹来的田野的风。当然最重要的还有我们一群“臭味相投”、叽叽喳喳结伴而行的好友们，大家在一起亲如兄弟姐妹。

Y 早早就买好了肉菜，来到了老屋，等候大家的到来。众人齐动手参加劳动，有的人烧锅灶，有的人在小院的压井旁打下手洗菜，忙得不亦乐乎。这种压井我们小时候用过，多年不见了。当清澈的地下水从压井里流出来的时候，大家感到周身血液也随着潺潺流水欢快流淌。还有一些人，一下车就哈哈大笑四处乱窜到处挑衅，撵得鸡飞狗跳，仿佛十七八的浑小子。

下面说说我们的小宝贝源宝吧。现在，十个多月大的源宝是第二次到这里了，上次来是初冬。下车后，我们就把他放到了带来的滑滑车上，让他自由自在地在老屋门前的空地上“奔跑”，平滑的水泥地宽阔的路面开阔的视野，都使源宝兴奋无比。他驾驶着自己的小坐骑，撒开脚丫子跑了起来，边跑边笑，欢欣鼓舞。路边的一棵油菜开花了，翠绿的叶子金黄色的花朵吸引了源宝的视线，咦—这是什么呀？伸出小手就去摘，够了半天又没够到，终究这棵油菜花保住了芳容。

张奶奶出身农家。来到乡下后，她什么也不顾了，丢下源宝由我照看，拿起铲子和小篮子就跑到菜地边去挖荠菜了。她对土地的眷恋比我们还甚。后来，我们到养鸡场附近的田野里去正式挖荠菜，我说源宝由我来抱，你放心去挖，让她过足了挖荠菜的瘾。

上面说的喜欢到撮镇老屋的原因，还有一点没讲到，就是在老屋吃饭。

事前大家就约定每人带一样拿手菜来品尝。于是乎，腌笃鲜、风干鱼、卤猪蹄、牛蹄筋、海带丝、清蒸鲈鱼……好多美味菜肴一下子就涌到了餐桌上，还有Y家那口柴火土锅灶里慢慢炕出来的米饭锅巴，香喷喷脆嘣嘣，咬一口喜在心，那个过瘾啊！板凳不够，干脆就站着吃。酒杯不够就倒到碗里喝。不一会儿，最好吃的那个菜就被扫光了。大家仿佛都回到了小时候兄弟姐妹抢食吃的大家庭。这种感觉能不迷人吗？

挖荠菜是此行的旗号，我曾经来过几次，知道哪里有，轻车熟路就把大家带到了养鸡场旁油菜花刚刚盛开的田野边。

前几天刚下过一场春雨，田野里的荠菜又大又嫩，这边还没挖完，那边又冒出来一大片。我抱着源宝负责寻找，不时喊着这里、这里，那里、那里，好多啊，快来挖！

到了田野里，大家一改吃饭时的欢闹，各自为阵埋头苦干，挖荠菜呀，挖荠菜，附带着还挖到了小野蒜和野油菜。

最忙的不是挖菜人，而是木桐，别看她不挖荠菜，她可是我们的“御用摄影师”，大家争先恐后对着镜头，都想把所有的美好定格在这春光无限的大地上。源宝也凑足了热闹，这个抱抱，那个亲亲，时不时还拍拍小手欢迎欢迎，引得大家开怀大笑。能有机会跟着大人到田野里去撒野的小宝宝真是有莫大的福分。尽管回去后，宝宝受了点风寒，流鼻涕，可是我一点都不后悔。不经风雨怎么见彩虹？相信经过田野里春风的吹拂，源宝的身体会更加健康。

我们的田野，是美丽的田野；我们的撮镇，是美丽的撮镇。

回来后我惊讶地发现，那一天是惊蛰。是的，蛰伏了一冬，小虫子们惊醒了，而我们人类则三五成群，撒开脚丫子奔跑在希望的田野上。简称：撒野。哈！

外婆心得

春天来了，带宝宝多做户外活动，增强适应外界的能力。要是能够到近郊走一走撒撒野，对宝宝的成长更有益处。附带着大人们也能过一过撒野的瘾。是一举两得的大好事。

（本文被新浪网推荐到新浪博客首页发表）

2016/3/29

二十二、眼下谨记要春捂

春天让人欢喜。杨柳依依，百花争艳。大家最想做的事莫过于甩掉那一身厚厚的棉服。

可是，春天并不是我们想象的那么温柔，她的脚步总是有些迟疑犹豫，磕磕绊绊。一会儿艳阳高照，温暖宜人，让人误以为“王子和公主从此过上了幸福生活”。一会儿又寒风凛冽，冻得人“哆啰啰、哆啰啰，明天就垒窝”，捶胸顿足，后悔那么早就把冬衣收藏了。俗话说，三月还下桃花雪呢。春寒料峭，尤其是杀个回马枪的春寒最伤人。大人的抵抗能力强，还好说，尤其是宝宝们都是娇弱的小嫩苗，可经不起忽冷忽热的折腾。

源宝已经 11 个月啦。身体明显比半岁前强壮了许多。声音洪亮，动作敏捷，乱动乱跑乱爬乱摸，没有一刻闲着的时候，经常是热得一身大汗。看着他汗津津的样子，我们就冒出给他换件轻薄衣服的想法，可是转念一想，不行！春捂秋冻，这春天的天气冷热不均，不能麻痹大意了，还是要坚定不移不折不扣地贯彻执行“春捂秋冻”的大政方针。

我的二姐最爱美。还是她女儿小的时候，有一年阳春三月好风光，她迫不及待地就给女儿换上了好看的花裙子，带着她逛公园去了。公园逛得很开心，可是女儿还是被料峭的寒风偷袭了一把，回来后就感冒咳嗽了。这一咳嗽就不是一年两年，最后发展成哮喘病。直到上大学了，这病才算消停。不过，多多少少还有些病根子。现在都30多岁了，只要是感冒咳嗽，就不容易好。这都是春天里不注意给孩子春捂而惹的祸。喜欢漂亮，急不可耐。春天里，人容易犯这毛病。

虽说，这个教训我们家族人人皆知，时常还拿出来警示一番。可真正落实到自己身上怎么去避免，也是很难的一件事。惊蛰那天我带源宝去乡下挖荠菜，天气很好很温暖，我也十分警惕地在风地里给源宝戴着帽子穿着棉衣。可是回来后，小宝宝还是受了风寒，感冒咳嗽流鼻涕，吃了药一周后才算好。我当时就没想到旷野里的风是很凌厉袭人的，而城里的风则温和多了。在田野上，仅仅是戴帽子穿棉衣是不够的，还应该增加一件风衣裹住才对。这也是事后才懂得的生活常识。

不经一事不长一智，这带孩子的学问真是太广泛太庞杂。如果不是带源宝到乡下去，我也不知道仅仅是春捂并不能解决所有的问题，还要具体问题具体对待。当然了，城里的孩子带得太仔细太精心也不是一件好事，温室里的花朵见不得风寒。有机会了，适当多带小宝宝出门去吹吹风，锻炼锻炼，抵御外界侵袭的能力也会逐步增强。

外婆心得

春天是美好的，春天也是最容易大意生病的。小宝宝们在春天里一定要注意保暖，不能急于脱去冬衣。如果出汗了，可以在脊背上垫一个吸汗巾，勤换内衣，勤洗澡。要是外出踏青一定要带件风衣挡风御寒。把“春捂秋冻”的大政方针落到实处。

（本文被新浪网推荐到新浪博客首页发表）

2016/3/23

二十三、人生初步始蹒跚

4 月 9 号是源宝的一周岁生日,眼见着就要到来。

此前相当长一段时间源宝都在努力地学习讲话,勤奋地练习走路。可是,他的语言表达还处在低级水平,高兴了就啊啊啊大叫,想唱歌了就嗯嗯呀呀,不高兴了就噗噗噗。倒是能听懂我们的一些语言。比如我们说欢迎欢迎,他就会啪啪啪拍自己的小手。我们说开电灯,他就会身子使劲往开关那倾,够到后就用小手那么一按,灯就亮了。他也很有成就感地看着我们笑。还有一些诸如此类的小伎俩,多了也就不稀奇了。

在走路的问题上,我们倒是寄予期望的。10 个月大的时候他是以爬行为主,到了 11 个月大他就很喜欢自己扶着所有能扶的东西挪步了,东挪挪西挪挪倒也自在。尤其是在可以扶的两个物件之间的空当里,他会很小心地蹲下来爬行,爬到了可以扶的地方再小心翼翼地奋力站起。他想去的地方一定有他感兴趣的东西,站起后马上就把相中的东西抓到手,那个得意劲啊。意思是说,看我多有本事,不用劳驾你们我也拿到自己想要的东西啦!他的两条小腿就这样一天天的强壮起来。

源宝的妈妈,也就是我的女儿在11个多月大的时候就会走路了,我们自然就认为,照这样的情况,源宝11个月多点甚至更早一些都有可能会走路的。可是,11个半月以后,他整天就是东挪挪西挪挪的,长进不大,连独立站立都困难。大家不免有些失望情绪,我们有些太一厢情愿了。

此时,张奶奶离开了我家,她要回家带自己即将出生的小外孙或者外孙女了。接替她工作的是我的大姐,源宝喊她大姨姥姥。大姨姥姥勤劳聪明,亲自带大自己的两个儿子和一个孙子,带男孩可有经验了。她安慰我们说,这小孩子走路可不是简单的事情,是要选时间的,时间一到,自然就会走路了。大姐的话是颗定心丸,定住了我们的心。那就顺其自然吧。

人间四月,所有人都钟情的四月,如期而至。全家人都盼着四月的到来。不仅仅是因为四月的美好,还有一种努力长跑快要抵达目的地的感觉。再困难都要坚持下去,胜利就在眼前。

1号那天,整个白天源宝都如往常一样,开心玩耍,学习

真快乐

走路。可是到了晚上他却显得异常兴奋，我们在爬爬垫上逗他玩，他似乎很想独立行走。于是大姨姥姥在一头，我在另一头尝试着让他行走。第一次失败了，刚走一步他就蹲下爬了起来，很胆怯的样子。再试一次，这一次，源宝还想退却，可是最后好像找到了平衡点，就从大姨姥姥的怀中朝我走来，一步两步三步，他自己也小心翼翼，继续前进，四步五步六步。好样的！我们大声鼓励。这时候，就见源宝如喝醉了酒一般东摇西晃了起来，几乎就要摔倒了，可是他打起了精神继续前进。哇！没有摔倒啊！这时候他已经快走到了我的怀中，又如喝醉酒般踉跄了一下，最终又稳住了，直到扑进了我的怀抱。你看他高兴的呀，哈哈哈傻笑不止。这就是会走路了么？源宝，你是那么出其不意给我们惊喜。

我们似乎不相信眼前的事实，第三次让源宝行走。这一次，源宝好像找到了感觉，胆量也大增，从大姨姥姥怀中到我的怀中，没怎么踉跄，只是一摇三晃蹒跚着朝我走来。那小模样，带着兴奋带着惊喜带着成就感带着胜利者的骄傲，定格在 2016 年 4 月 1 号的晚上！正如大姨姥姥所说，走路是要选日子的。这个日子真好记。

如此看来，源宝一直就在盘算着走路这件事。他那小脑瓜子里时刻没有忘记走路这件事。这是他人生的一件大事，他要好好准备准备，准备好了，他也就迫不及待地去尝试这人生第一步了。虽说是踉踉跄跄，虽说是蹒跚摇晃，可这是人生第一步啊，哪一个人不是从蹒跚学步到大步流星的呢？

当一个人的一双小脚能够摇摇晃晃行走在大地上的时候，也就意味着生命的一次升华。从此你要用自己的双脚走出自己的人生轨迹。“天高任鸟飞，海阔凭鱼跃”“路漫漫其修远兮，吾将上下而求索”。源宝，希望你踏实走出一条宽广的人生之路。

宝宝在一周岁左右基本都是会走路的。如果到了一周岁还不会走路，家长们也不要焦急，每个宝宝身体发育的进展情况不可能一致。只要多练习多引导，保持足够的耐心，宝宝很快就能迈出人生重要的第一步。

（本文被新浪网推荐到新浪博客首页发表）

2016/4/4

二十四、抓周

中国民间有在孩子周岁时抓周的习俗。就是周岁那天，在孩子面前摆上各式各样的物品，比如，钱、算盘、笔、印章、书本、钥匙、玉石、金器、果品、糕点、胭脂口红、衣服等。现在还要摆上计算器、小电脑等现代化用品。这些物品代表着孩子将来发展的大致方向。比如，抓到了钱，那就预示着这孩子将来要挣大钱，这是大人们最喜欢看到的啦；抓到了吃的，那就是说明这孩子将来不愁吃喝，也不错；抓到了印章，那么说明这孩子将来有可能走上仕途，兴许出将入相呢！当年贾宝玉抓周抓到了胭脂口红，一家人都很郁闷，结果长大了真的是在女儿堆里厮混呢。

谁都盼着自家的孩子长大了有出息，光宗耀祖。谁都认为自家的孩子最聪明伶俐，将来肯定大有作为。于是，格外看重抓周，期望孩子早早就给家人一个有出息的暗示。在我认识的人当中,没有谁家的孩子不抓周的。而且,不论孩子多大了,聚到一起,提起当年带孩子的酸甜苦辣,都绕不过抓周这件事。津津有味地回忆着,好像就在眼前。至于孩子长大了是否真的和抓周的隐喻相印证,都已经不重要了。

就拿我家来说吧,女儿当年抓周的情景历历在目。她抓到了一个精美的糕点盒子,可现在从事金融工作,一点儿也不相干。怎么转眼间就轮到女儿的儿子我的外孙源宝抓周了?时间都去了哪儿?跑去照照镜子,镜子里的那个女人面部肌肉有些松弛,两鬓有了白发且头发开始稀疏,双下巴非常明显。哦,时间没去哪儿,时间留在了我们的面颊上,藏在了我们的头发里。

青春的小鸟随着时间飞走啦。宝贝女儿随着时间长大啦。宝贝的宝贝小外孙源宝一周岁啦!只要我们不辜负时间,时间是不会辜负我们的。

4 月 9 号,全家人盼望已久的日子终于来临。我们不准备宴请吃喝庆祝。我们要做两件事,第一,在家抓周;第二,到公园游玩。

美好的春天,美好的心情。我从里屋跑到外屋,外屋跑到里屋,想把家里最好的东西拿出来让他抓。女儿说,不要太多,几样象征的就行了,老公也反对我拿太多的东西,会让源宝眼花缭乱。好吧,就这几样:钱(一张百元大钞)、计算器、钢笔、和田玉挂件、苹果、小型平板电脑、书(《诗经》一本)、玩具、印章、魔方、银行卡、灵芝草,一共十二样,基本上涵盖了方方面面。

我们把这十二样东西放在了他平时玩耍的爬爬垫上，还特意把爬爬垫翻过来铺，反面是整体绿色的，怕正面的鲜艳图案干扰了源宝的视线。

把源宝放在离爬爬垫有一定距离的地方，上午九点正式开始。只见源宝迅速朝爬爬垫爬去（他还不能自如走路），他对那上面的东西很好奇。我私心想叫源宝抓到《诗经》那本书。《诗经》是中华文化的瑰宝，我放在床头，每天都要摸摸它。作为一个写作者，要是不懂《诗经》那基本上就是不了解中华文化的源头。源宝要是也喜欢《诗经》，将来为发扬光大中华文化作出贡献，那多好啊！我还没来得及高兴呢，就见源宝已经来到了爬爬垫上，抓住那个黑色的小计算器就不放了。大家齐声欢呼，啊，长大了是科学家，喜欢计算器，很好、很好！话音未落，人家又看到了那只红彤彤的大苹果，丢掉计算器，抓起大苹果高高举起，最后啃了起来。哦，苹果。我说抓的是苹果，寓意平平安安，最好啦！我大姐、源宝的大姨姥姥说，苹果不算，计算器才算，小宝宝第一个抓起的什么就是什么，其他的都不算。等会儿他看到钱好书好印章好都要拿，你算什么好呢？大姨姥姥说得也有道理。后来源宝果真又拿起了好几样别的东西。最后定论，源宝抓周抓的是计算器。

其实不管源宝抓到什么，大家都会很高兴的。所谓的抓周，其实就是庆贺从宝宝出生就千盼万盼盼他硬朗的那一天——一周岁的标志性大喜日子。从羸弱的小婴儿长成蹒跚走路的小娃娃，是多么不容易啊！最初的一年最难熬。再说，为了图个吉利，家人都会选择寓意很好的东西来让宝宝抓，当年贾宝玉家摆放了胭脂口红什么的让一个男孩子抓，实在是错误的举动。后悔也来不及了。

趁着高兴劲，下午，我们全家陪着源宝去逛杏花公园。春光明媚鲜花盛开绿草如茵植物茂盛。草坪上许多人在放风筝，恰好是周六，游人格外多，也显得公园很热闹。源宝端坐在爸爸怀里，仰望天空，看到那么多风筝在飞舞，他也欢欣鼓舞。他很喜欢绿茵茵的大草坪，要求下来自己行走。拉着爸爸妈妈的手，他摇晃蹒跚但意志坚定地行走在大地上。

源宝真的长大了，一岁的小伙子了，或许他也感受到了自身逐渐滋生的力量和成长的快乐。

抓周很成功——这个生日很平静也很热闹，很寻常也很有意义。

祝福源宝平安健康快乐幸福地成长！

外婆心得

可别忘了给你家可爱的宝宝抓周哦。最好是放一些有意义的东西，就是图个喜庆。孩子成不成才，出不出息，最终是靠他自己。

（本文被新浪网推荐到新浪博客首页发表）

2016/4/24

二十五、我当外婆这一年

感谢上苍让我在2015年的春天当上了外婆，有了可爱的小外孙源宝。从此，我不仅仅是母亲，还荣耀晋升为祖母级的人物，生命的接力棒有了新的接棒手，真棒！

记得那天一大早女儿就被推进了产房，我们全家就在产房外的大厅里翘首等啊等啊，这一等就是整整一天。就在晚上快8点的时候终于等来了好消息，女儿顺产生下儿子，母子平安！那一刻，我拥抱了女婿，祝贺他有了儿子荣升为爸爸！我一颗牵挂女儿和宝宝安危的心终于落地。

女婿的父母住在外地，且年龄大身体差，根本不能胜任带小孙子的重任。不用说，这一重担自然就落到了我的肩上。虽然我早就做好了思想准备，可是真正带起小外孙来，还是需要付出无比的耐力和辛劳。同时还要放弃许多的自我空间与时间。你想想，有一位小天使来到了你家，你还有什么困难不能克服，还有什么享乐不能放弃吗？

现在带孩子已经是全新的观念了，我们也要与时俱进，跟着时代的步伐走。给女儿请了月嫂张奶奶，整个月子张奶奶按照科学的方法尽心尽意把女儿和宝宝照顾得很周到。我的任务是打下手，可别小看了杂乱繁琐的下手活儿哦。

每天，我要按照张奶奶开出的产妇菜单去买菜，都要新鲜品质高，有时候为了买一样食材，得跑好几个地方。回来后洗净加工，满怀欣喜地做好了我们认为可口的饭菜汤水，可女儿并不觉得满意，心里又很失落。再想方设法让女儿吃好吃满意。没办法，当妈的实在是太心疼自己的女儿了。

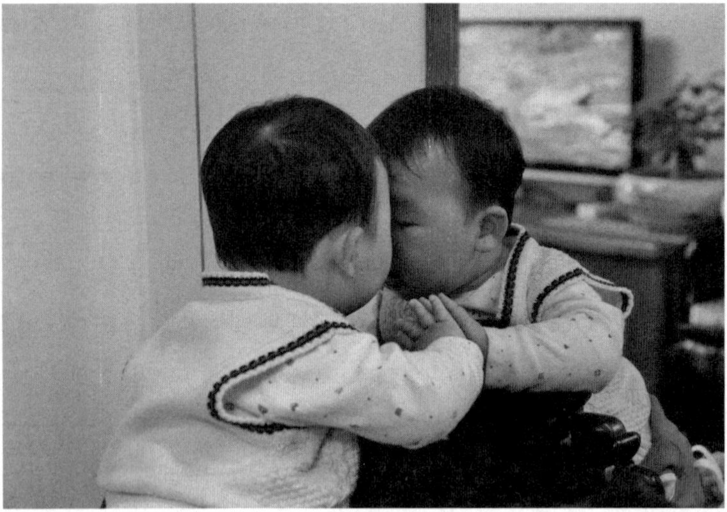

我知道你是谁

小外孙源宝每天除了吃喝就是睡觉,除了睡觉就是拉撒。一会儿脸上起湿疹了,一会儿小屁股又被尿不湿闷红了。我就得跑到药店去买专门的药膏,再协助张奶奶给他涂抹上。眼巴巴看着湿疹是否消失了,小屁股是否不红了。都是操心的事。还有,婴儿初期,宝宝特别容易吐奶。稍不注意,刚刚吃饱的宝宝就吐得满身奶渍。不仅要重新换衣服,还要重新喂奶。又是一通手忙脚乱。而且,在一周岁以内每个月的体检和打预防针都是要定时前去的,这也是一件必须要做的大事。要是遇上发烧感冒拉肚子,那就更遭罪了。哪哪儿都是事,没有闲下来的时候。

月子里张奶奶夜晚也住在我家,帮我们度过了最初手忙脚乱的日子。这期间我也注意向她学习有关的育婴知识。一个月后,张奶奶就转入当育婴师了,早出晚归,夜晚带孩子的重任就落到了我的肩上,也就是从这时候,我这个当外婆的才开始了真正辛劳的外婆之旅。有人会说,应该是妈妈夜晚带孩子。当时女儿身体还没恢复,我又爱女心切,就揽下了这个活计。后来,源宝妈妈上班了,单位在滨湖新区,家在老城区,早出晚归,开车一趟就得个把小时,且上下班高峰十分拥堵。为了保证她行车安全,工作有精力,就要让她有个好的睡眠。我继续承揽下这一活计。这一揽,就真成了我的事了。

源宝有一个也不知是好还是坏的习惯,就是夜里要吃两次甚至是三次奶,饿醒了就会大哭。他妈妈的奶水非常有限,要用牛奶补充。这样,我每天夜里都要起来好几次给他喂牛奶。虽然家人也会来帮我,可是主要还是我操劳,根本睡不上安稳觉了。就这样,一天天地熬着,慢慢度过了一个个不眠之夜。有时候要是碰上源宝夜里只吃一顿奶,呼呼到天亮,那真是像中大彩一样高兴,早晨起来心情特别好。

带孩子夜里睡不好觉是普遍现象。我们几位好友说起这事,都有自己的故事。好友L说,有一次她夜里给儿子把尿,困得不行,把着把着不知怎么就睡着了。扑通一声,只听儿子哇哇大哭,惊醒一看,原来儿子掉到尿盆里了。哈哈,孩子是好带的吗?

我说了那么多带孩子的艰辛,下面就说说小宝宝带来的快乐吧。

新生命带来的惊喜和幸福不是用语言能形容的——小宝宝会笑啦!小宝宝会翻身啦!小宝宝会坐啦!小宝宝扎牙啦!小宝宝会爬啦!小宝宝会走啦!小宝宝会喊爸爸妈妈啦!欢声笑语充盈着整个家庭,真是人丁兴旺啊。源宝就是我们家的希望之光,源宝也是我们家幸福的小天使!

源宝性格开朗温顺,见人就憨笑,能吃会喝,胖的就像小地主。戴着红肚兜就像小哪吒小福娃,还有人说他像葫芦娃。小胳膊如嫩藕,一节一节的,令人想掐一把。总之是人见人爱的胖娃娃。外公下班回来就抱着源宝不松手了,谁也不给抱。他年轻时可不是这个样子的。都说男人到老了性子就磨下来了,更知道疼孩子了。一点不假。外公下班回来抱孩子,可让我们在家一整天忙孩子的人轻松了许多。源宝的爸爸妈妈也因为他的诞生,更加勤奋努力地工作了,也更加有担当了。家庭的中坚力量在成长。

和别的外婆不同的是我还是一位写作者。写作是我的精神追求,如果剥夺了我的写作自由,那将是非常痛苦的事情。源宝刚出生那会儿,起初的忙乱让我无所适从。想到没有时间写作了,真的很难过。可是当适应了这种忙碌后,我发现源宝带给我们的是一种全新的生活,这生活既忙碌又新鲜,既辛劳又快乐。于是就提起笔,硬是挤出时间写出了一篇篇博客——《木槿外婆手记》。手记记录下了小生命成长的点点滴滴,到一周岁时已是 24 篇。意外惊喜的是,这些文章中有多篇被新浪网推荐到了新浪博客首页上发表,受到了读者的热烈追捧。这让我很有成就感,也受到莫大鼓舞。

所以说,我这个当外婆的,真要好好感谢小外孙源宝。如果不是他的到来,我当不上外婆,我当不上外婆也就不可能有《木槿外婆手记》的诞生。生活是创作的源泉,无论我们面对怎样的生活,都要满怀一颗感恩的心。

我想说说我自己。我没有见过我的外婆。听母亲说,外婆生下她后不久就去世了,就连她自己都不知道自己妈妈是什么样子的。母亲是在后妈的淫威下长大的,三岁走路稳当些后就被驱赶着挎着小篮子到外面去拾柴火了。夜晚就睡在锅灶边的草堆里。稍长大后实在忍受不了这样的折磨,又没有别的出路,倔强的母亲就跳井自杀。可是跳了三次井三次都被村民救了上来，妈妈命硬命大，老天爷也可怜这个没娘的孩子。再长大些后八路军来了，母亲看到了希望，毅然决然头也不回地参加了八路军。从此她的命运发生了翻天覆地的变化。妈妈嫁给了老红军首长我们的爸爸后，有了我们兄弟姐妹五人，过上了幸福的生活。

每当听妈妈讲她这些往事的时候，我就会遐想——我的外婆是什么样子的呢？她一定很漂亮很年轻，可是她为什么这么年轻就去世了呢？要是我的外婆活着怎么能让自己的女儿受这样的苦呢！小时候，看到同学小春有慈祥外婆的疼爱，把她的头梳得光溜溜的，烧好开水灌到暖瓶里留着让她渴了喝，我别提有多羡慕了。我好想念我的外婆啊！

转眼，现在我也当外婆了。也就是不到百年的光景，我们家族成员的命运却是那么不同——我是幸福的外婆，女儿是幸福的女儿，外孙是幸福的外孙。我想告诉我的外婆，我们的身上都流淌着你的血脉，源宝身上也流淌着你的血脉，他是你的重重外孙。一代又一代，血脉紧相连。

此文献给我的外婆和我的母亲，也献给天下所有的外婆和所有的母亲。

外婆心得

我们这个年龄的外公外婆、爷爷奶奶，大部分都是独生子女的父母。目前看来，这一代独生子女们的负担也越来越重。如果身体条件和经济条件都允许的话,还是要帮他们带好孩子,免除他们的后顾之忧。有人说外国老人不会帮子女带孩子。国情不同,另当别论。

(本文被新浪网推荐到新浪博客首页发表)

2016/5/23

二十六、不寻常的端午节

源宝自从周岁以后就和从前大不一样了。每天迈着自信坚定却又一摇三晃的小步伐，哼着咿咿呀呀的乱码小曲儿在家里东遛西窜。见抽屉就拉，拉开了就翻，翻过了就扔，抽屉里再好的东西(比如给他买的刻有“一生平安”的银手镯，还有我的金项链、翡翠吊坠、手链、钱包、银行卡、袖珍折叠扇等)都逃脱不掉被扔到地上甚至是再被踩上一脚的命运。翻过东西后又觉没趣，继续寻找兴奋点。一把鹅毛扇映入眼帘，抓过来就扇，一摇一摇的，还真像模像样。扇够了，又烦恼了。那就抱一会儿吧。这时候，他的小手就朝着某个地方指。哪里呀？去哪里呀？噢，原来是要到穿衣镜前照镜子。看到镜中的自己，首先来一个灿烂微笑，再来一个拍拍手。自我欣赏的感觉好极了，真是一个小小自恋狂哦。

六一儿童节，源宝去年此时才出生一个多月呢，无法庆祝。今年六一已经是“大小伙子”啦，恰好6月9号是端午节，又是源宝整整14个月的生日，真要好好庆祝庆祝。包粽子是自然的事情了，买新衣服新玩具也是必需的。木桐奶奶拿着相机也来了，在春末夏初草木葳蕤大地芳华的美好季节，给源宝留下了童年天真烂漫令人心动的美好影像。

进入六月，仿佛都是好日子，我们整天沉浸在这种欢乐美好的气氛中。

可是，就在6月7号，源宝事先毫无征兆地发烧了。先是带他去社区医院看病，医生说是病毒感冒，开了有关的药服用。以前也发烧过，三五天就痊愈。这次，我们以为很快就会好的。可是到了第二天，病情加重，高烧不止。赶紧去安医附院小儿科看急诊，医生看了红肿的咽喉，也说是病毒感冒，开了药吃。到了第三天6月9号端午节也是源宝14个月生日那天，病情依然严重，高烧不止。又去安医附院看急诊。医生说，看来只有吊水了。一听说要吊水，我的心都抽紧了。我有经验，这是孩子难过的一关啊！来到急诊输液室，源宝被放到一个专用输液床上，几个护士一齐上，手脚头都被紧紧固定住，此时的他已经哭得声嘶力竭了。这是他出生以来第一次重病打吊水，肯定吓得不轻。他的爸爸妈妈站在一旁手足无措愁容满面，我主动上前和护士沟通。还好，只是一针就成功了。我大大松了一口气。

仿佛是30年前的情景再现，那时候，源宝的妈妈我的宝贝女儿一岁多拉肚子，已经虚脱了。也是在安医附院看病，必须尽快输液。可是护士就是打不进去针，头皮都戳破好几处，女儿哭得都要疯了。她爸爸看这个样子吓跑了，就剩我一个人面对这个残酷的场面。当时我心一横镇定地对护士说，没关系，我来按头，你们继续打针。后来终于成功了。女儿得到了及时治疗，很快病就痊愈。其实，那时候，我的心都碎掉了。心碎掉了又能怎么样？做父母的，该要狠下心来的时候，就得狠心，丝毫的犹豫或抵触都对事情的解决不利。我知道，家属的积极配合对孩子的治疗很有帮助。所以，这一次轮到源宝打吊针，我就很主动地给护士们一个真诚镇定的暗示，再也不要重现30年前那令人心痛的场面了。

经过两天的吊水和口服药后，高烧退了。接下来又出现了拉肚子（一天十多次）和出红疹（满脸都是小红点）的症状。医生说，这是必然要出现的症状，又给了治拉肚子和红疹的药。我们全家全力以赴，严格按照医嘱，日夜精心照料着病重的源宝。老话说，三分治疗七分护理，婴幼儿生病，最难的是护理。比如喂药，那真是艰难，再艰难也要想办法喂下去，不然光靠打针是不行的。比如拉肚子把小屁屁刺激得红肿，不能再用尿不湿了。我们改用棉布片。这是很费神费工夫的，要不断观察，拉上了便便立刻就要更换。一天下来不知道要洗多少次尿片。保持清爽，小屁屁就不受刺激了。随着药物发挥作用，便便次数减少，小屁屁红肿也渐渐消失。

一周过后，源宝基本痊愈。医生说，这是典型的病毒感染，飞沫和接触都可传染上，儿童更易被传染得病。在我的

椅子上的萌娃

记忆里，我女儿小时候没有得过这种病，现在这病毒也是升级版的了，难对付！听说近期这种病毒性疾病集中爆发，家里有小宝宝的都要小心。小孩子生病病程发展快，一定要及时治疗，不能有半点耽搁。

原来要过一个快乐端午和庆祝 14 个月生日的计划全泡汤了。不过，这并不令人懊恼，我们全家和病毒打了一场硬仗，经历了一次精神和身体的双重考验，我们胜利了。还有，病愈后的源宝好像长了不少小心眼。第一，见人就笑，欢喜异常。吃小饼干等零食首先就往我们嘴里送，好像是说，你们辛苦了,吃一个吧。瞧,多仁义的宝宝。第二,无师自通会用正确的拿笔姿势像模像样地在本子上乱画,如果你把笔倒着递到他的左手上,他会很流畅地换到右手上,且把笔尖顺过来对着纸画。不是亲眼所见都有点不相信。第三,如果他想要外公抱出去玩,就会拎着外公那双大鞋蹒跚着走到他面前,昂着头深情地望着外公并把鞋子递给他。弄得外公心都化掉了。第四,他在桌子底下发现了遥控小汽车,并不着急去够,而是寻找遥控器,拿到遥控器后,他就那么左按按右按按的,小汽车就被他给遥控出来了。你说说,这才 14 个月大的孩子,怎么就这么有心眼。难怪在源宝生病时朋友们都安慰我,不要怕,小孩子生病是长智慧呢。这话我信。

刚刚宝宝来到我身边朝我笑,突然发现他的上颌两边一边长出了一个磨牙,真好看。无论有什么样的困难,小宝宝都坚定地在成长,带给我们惊喜和希望。

外婆心得

宝宝生病需要输液的时候,家长一定不要心疼,积极配合护士做好输液工作。治病要紧。一次注射不成功,不要责怪护士。否则越责怪越慌乱,更加影响治疗,最后受罪的还是孩子。

2016/6/15

二十七、带着宝宝去赏荷

十三四个月大的源宝正是活力四射整天瞎琢磨往外跑的时候。趁着春天百花盛开的大好季节，我会开车带上他和我的大姐二姐到附近的公园或者景区转悠。到了这些地方，源宝如同刚学会展翅飞翔的小雏鸟，新奇兴奋。徜徉在百花丛中，两只眼睛都不够使的。愉快的心情显而易见。我甚至还带他参加过一次在郊区崔岗艺术村举办的诗歌艺术节。那些诗人激情澎湃地在台上朗诵，源宝就在台下热烈地拍小手，对着摄影镜头露出迷人的微笑。可拉风啦——比那些诗人还拉风。

今年夏天天气异常，阴雨连绵，到处在发洪水，让人忧心焦虑。源宝也有段时间不能出门了。听朋友说肥东撮镇的荷花已经开了，还发来了荷花盛开的照片。这让我心生向往。肥东是铁面无私包公的家乡，那里盛产的藕是无丝（无私)的,那里开出的荷花也是最最美丽的。趁着连日阴雨停歇、天光放亮的间隙,我果断决定开车带上源宝还有两个姐姐和二姐的小外孙 5 岁的魏宝宝前去赏荷。我们现在每次出行几乎都是这个阵容,大姐来帮我带宝宝是一定要同行的,二姐家就在附近,她也在帮女儿带宝宝,我们姐妹仨带着我们的孙辈一同出游,幸福感太高了。虽说我们都年过六旬,可是每次出游一定都会打扮得漂漂亮亮的,那心态和青春美少女没啥两样。尤其是爱美的二姐,最喜欢照相啦,臭美得不行。爱美真是人的天性哦!

来到撮镇,穿过一个小村庄再拐上一条大道,视野一下子开阔了起来。往前是一条乡村公路,路两边就是大片的荷花塘,朵朵盛开的荷花或粉红或洁白,娇艳欲滴,挺立在碧绿的荷叶之上,那气势好壮观!虽说早有思想准备,我们还是被眼前的景色迷醉了。

源宝早就按捺不住,下车后就咧开小嘴傻笑,不时拍拍小巴掌,间或还打着响嘴,这是他兴奋的表现。只要是到大自然中去,无论到哪儿,他都非常乐意。何况还是这么开阔的荷塘边。小宝宝的内心不知道有怎样的喜悦呢。本来是把他放在小推车上的,这样方便看花也安全,可是他坚决不干了,要自己走。我们只好把他放下来,他就那样迈着稚嫩的步伐,乘着习习凉风,沿着风景旖旎的乡村公路大踏步地朝前走。

走啊,走啊走。有小几百米了吧?这也许是他会走路后走过的最长路程了。他看到了一位小姑娘,很感兴趣地和人家打招呼(嗷嗷乱叫)。他又看到了几位小朋友,很大方地上前和人家寒暄(乱码语言)。搞得那几个小孩子对他也产生了浓厚兴趣——咦,这个小不点儿真好玩! 他还看到路边有一只狗尾巴草在摇曳,停下了脚步,很感兴趣地瞅着。我摘下递给他。于是,他就攥着狗尾巴草不松了,一摇三晃地继续向前。

连续几天雨后的空气,要多清新有多清新,太阳被云遮住,气温非常凉爽。走在两边荷花盛开的乡村公路上,心旷神怡,如入仙境。荷花是佛家的圣洁之花,是观音菩萨的宝座。开满荷花的地方一定都是祥和之地。而这里更是包公的家乡,以盛产无丝(无私)藕出名。的确,合肥地区出产的藕,就是无丝,非常好吃。我们三姐妹尽情地在荷花塘边拍照,就连5岁懵懂的魏宝宝也受我们的情绪感染,忙不迭地用笨拙的小手为我们三姐妹拍合影照,可派上用场了。否则还真不好合影呢。现在的小孩子啊,个个都是小人精呢!

自古以来,荷花都是文人笔下美丽高洁的吟诵对象。最喜欢汉代乐府诗歌《江南》:“江南可采莲,莲叶何田田。鱼戏莲叶间。鱼戏莲叶东,鱼戏莲叶西。鱼戏莲叶南,鱼戏莲叶北。”现在,我感觉,我就是一条游戏在荷塘中自由欢快的鱼儿。即使不是在赏荷的季节,我也常看着这首诗陷入无限的遐想之中。最欣赏宋代杨万里诗《晓出净慈寺送林子方》:“毕竟西湖六月中,风光不与四时同。接天莲叶无穷碧,映日荷花别样红。”虽说眼前的荷花不是开在西湖中，可是和西湖中碧浪滚滚别样红的荷花又有什么区别呢？真有一种行走在西湖边上的错觉呢。

这里还有许多其他的水生植物和荷花做伴，有菖蒲、睡莲、水兰花、再力花、美人蕉等等。还有几种叫不出名字的植物，高低错落，花儿朵朵，兀自盛开，赏心悦目。真是赏花休闲的好去处。

源宝自始至终不知疲倦地在荷花塘边嬉戏，真有些兴奋过头。对于一个只有 14 个月大的小宝宝来说，他可能不知道什么叫赏荷。可是，从他表现出的情绪来看，他的审美情趣和精神诉求一点也不比成年人低。只不过，他现在还无法用语言表达。

外婆心得

一周岁过后的宝宝，尤其是会走路后，一定要多带他们到附近的自然景观中去感受大自然的美好。如果你那里的荷花开了，就赶紧带宝宝去赏荷吧，他们什么都懂！

2016/6/28

二十八、小哥俩

我二姐的小外孙魏宝宝今年 5 岁多了,比源宝大 4 岁。魏宝宝很小的时候就常被他外婆带到我家来玩,几乎每周都来。

那时候,在我家,好吃的好喝的好玩的全是独享,想顺着地打滚也成,想大喊大叫没问题,他那个高兴劲呀。每次临走都是大哭一场,万般不舍。弄得我也很纠结,最怕分别的时候到来。

去年,源宝出生了,魏宝宝对这个小弟弟的到来有些情绪。因为,他再来的时候看到了全家人的注意力都转移到了小婴儿的身上,就连他的外婆也是抱着小弟弟亲了又亲,不松手。他的存在感顿时受到了很大的威胁。于是就哭闹喊叫,要外婆带他赶紧回家。可是,过几天他又想来玩了,催着外婆带他来。那时候源宝躺在摇床上不会说话,也不和他争抢食物和玩具。慢慢地，魏宝宝也接受了我们这边有个小弟弟的现实。只是回到自己家时对妈妈说，他不想要妈妈再生个小弟弟或者小妹妹，如果一定要生，那他们必须给他端茶倒水。哇，小脑瓜子怎么想到这儿了？端茶倒水？魏宝宝看来对自己在家里老大的地位非常看重，不容侵犯。别看他那时才四岁多。所以啊，生二胎还真要考虑老大的情绪呢，不能忽视。

源宝有个小哥哥，好处多着呢。我二姐每次来都会根据季节带几件魏宝宝的旧衣服给源宝。说是旧衣，其实有的都没穿过，或者只穿了几次，很新呢！都是小男孩的衣服，大小也合适。这样我们节省了许多买衣服的钱（现在儿童服装很贵），旧衣服也不浪费了，一举两得皆大欢喜。还有，魏宝宝的旧玩具也拿来了，有一个可以唱歌可以讲故事的语音玩具，那里面有一首儿歌："玛丽有只小绵羊，小绵羊，玛丽有只小绵羊，它长得真漂亮！"属羊的源宝一听到就浑身乱晃，乐不可支。而且，源宝对这个小哥哥也是一往情深地喜欢，小哥哥什么时候来他都欢欣鼓舞，小哥哥给他个好脸色，那更是高兴得不得了。

一周岁时，源宝其实已经会走路了。可是，很像样地走过一次后，或许是害怕就再也不愿意走了。有一天小哥哥来了，源宝兴奋地大叫，跟在小哥哥后面就跑，跟屁虫一样，小哥哥到哪他就跟到哪。从里屋跑到外屋，稳稳当当。这时候，我们才突然醒悟过来——源宝真的会走路啦！我们从来

看镜头

没有想到，源宝能踏实走路是源于有个小哥哥要追随。自然而然，水到渠成。有哥哥真好啊！

魏宝宝对这个渐渐长大会走路会说简单话的小弟弟态度也和蔼了许多。经常也会有长者风范表现表现，比如好吃的也给弟弟吃，好玩的也可以和弟弟分享。当然了，这得看他是否高兴。他俩在一起，源宝基本是随从，是跟班角色。想从哥哥手里要回自己的玩具，可哥哥玩兴正浓，不理睬他。源宝也只好悻悻然跑到一边，再找另外的玩具玩。有时候小哥哥对着源宝一通尖叫（魏宝宝喜欢尖叫），源宝多半会吓哭，这时候小哥哥就很得意。

不管怎样，源宝呢，一如既往都是个跟屁虫，他乐意。孩子还是要找孩子玩啊，大人再呵护，提供再好的条件，都没有孩童在一起的欢乐多。童真、童真，童心最真！

现在，源宝已经15个月大了，走路已经非常稳当了。我们经常带弟兄俩外出游玩。尤其是到郊区，走在乡间的小路上，清风拂面，树影婆娑，鲜花盛开。小哥哥在前面走，小弟弟跟后面追，一前一后，小哥俩嬉戏玩耍，真是令人陶醉的画面啊！

不过，源宝现在敢从哥哥手里抢饮料喝了，而且面对哥哥的尖叫不是吓得哇哇大哭，而是对着嚎叫，你一声我一声，毫不示弱。小小男子汉的本色逐渐显露。

小哥俩，真是一对大活宝，彼此的存在，让他们渐渐学会与他人相处，学会分享与互助。盼望他们快快长大，长大了还是一对好哥们。

外婆心得

孩子要有玩伴。有玩伴的孩子是幸福的。如果两胎之间差距较大，生二宝时，一定要考虑到大宝的情感诉求。有喜欢要小弟弟小妹妹的，也有不喜欢的。遇到不喜欢要小弟弟小妹妹的大宝，多做思想工作，正确引导。千万不能忽略了大宝的存在感。切记！

2016/7/14

二十九、绿草坪上欢乐多

天，终于凉快下来了。人的心情也变得轻松愉悦。一直跟随源宝摄影的木桐奶奶说，咱们去杏花公园拍照吧，好久都没有给源宝照相了。

说去就去，昨天傍晚，我们来到了杏花公园。公园离我们家很近，有一个绿色的大草坪，那草厚厚的软软的，就像柔软的大地毯。草坪上聚集了许多市民，有带孩子的，有跳舞的，还有放风筝的。一派祥和景象。

源宝一来到大草坪上就不知道怎么高兴才好了，撒开脚丫子就跑。见到有一个奶奶正在给自己的小孙子剥香蕉吃，他上去就要，奶奶看他好玩，就给他吃了一口。吃过了，还要吃，奶奶又给他吃了一口。弄得我们大人很不好意思，连说谢谢！谢谢！刚刚把他拽过来，他又发现了新目标，去抢另一个小朋友手里的皮球玩，我们连忙把自带的小皮球拿给他,可是他马上就转手送给了另一位小朋友,还把我们给他吃的小蛋糕也顺手送给了别的小朋友,寻思着再去从别人手里抢点什么才好。这个源宝啊,才16个月大,也不知道害怕,也不懂得什么你的我的,也就是说没有私有制的观念,一切都是共产主义!所谓的童真,就是这样的吧?带着这样的孩子来到人群中玩耍,乐趣欢快,心灵也跟着纯净了许多。

木桐拿着她那沉甸甸的单反照相机,跟在源宝后面抓拍。只见源宝一会儿在绿草坪上打滚,一会儿蹲下来看小草,一会儿跑东跑西。那个欢快的模样真的很感染人。于是,我们也在草坪上坐下来,东看看西看看,顺便也照几张相,尽情享受这难得的闲适和美好。在这绿草坪上无论小宝宝怎么跑,都是没有危险的,这让我们心情很放松。不像平时时刻都得看得紧紧的,生怕孩子有闪失。

源宝对那个黑洞洞的相机很感兴趣,抓过来就要看。木桐奶奶就很耐心地给他看照相机。那里面有人影啊!小家伙更来劲了,似乎也意识到了什么,围着木桐奶奶转,对着镜头笑,顺地再打几个滚。

太阳已经西沉,草坪上凉风习习,久违了的凉爽的风啊!天空中有好多风筝在飞翔,还是带闪灯的呢,天色渐渐暗下来了,能看见高空中风筝上的霓虹灯在闪耀。好美啊!

被今年的高温酷暑可折磨苦了,在家憋了很长时间了,能在秋高气爽的时候带小宝宝出来放放风、撒撒野、照照相,是一件多么惬意的事情啊。

小宝宝高兴，大人高兴，所有人都高兴。

外婆心得

绿草坪是小宝宝玩耍的最佳去处。如果你家附近有绿草坪，一定要多带着宝宝到绿草坪上翻翻跟头，打打滚。

2016/8/31

三十、成长的乐趣

每天清晨六点整，一周零五个月大的源宝就起床了。一夜好觉，心情也是大好的。起来就笑，自己爬下小床（这一段时间跟大姨姥姥睡）就径直朝我们的床边跑来。他可不是来找我的，他是来找他最最喜欢的外公的。他用小手拍拍外公，又咿咿呀呀乱叫一通，睡梦中的外公一睁眼，看是小外孙来了，本来就不大的眼睛又笑得眯成了一条缝。

秋高气爽，蓝天白云，空气清新。那就出去遛遛再回来吃早饭吧。蓝色的紫色的红色的牵牛花恣意开放在路边，掐一朵捏在小手上，时不时还放在鼻子上嗅嗅。好香啊！其实，源宝也不知道什么香不香的，只是跟着学我夸张的样子，也夸张地表达自己的感情。一只小狗跑过来了，狗狗、狗狗，源宝用小公鸭一样的嗓音含混不清地叫着。兴趣盎然地盯着小狗狗远去。上学的小哥哥小姐姐跟着大人急匆匆地从我们身边走过，源宝非常兴奋，他就是喜欢人多，时不时地向他们招招手，又是小公鸭般含混不清地说再见、再见。小哥哥小姐姐也被这个有趣的小弟弟逗乐了，边走边说小弟弟再见。

带着遛弯遛出的更好心情我们回家了。早饭的品种很多，有馄饨、蒸鸡蛋、蛋炒饭、豆腐脑、肉包子、鸡汤面、鱼汤面、西红柿鸡蛋面……总之每天换着花样吃。每次都吃到小肚子鼓鼓的，才算罢休。一岁多的宝宝，还是很恋奶的，但是我们尽量让他多吃主食，增强他的咀嚼和消化功能。毕竟粮食才是最主要的食品，能提供宝宝成长所需要的主要营养。

吃东西的时候，尤其是小点心之类的，源宝经常是拿到手里后自己不吃，先给我一口，再给外公一口，再给大姨姥姥一口，再给妈妈一口，在座的有多少人，他就不厌其烦地给每一个人都尝一口。然后再自己吃。每一个被喂到的人当然都是非常惊喜快乐的表情，也都是夸张地啊呜一口。这时候的源宝也是快乐得不知所措，连连晃头（这是他最高兴的表现）。我感觉，他是非常享受这分享的快乐。没有谁特意教过他这么做，真是人之初性本善啊！

还有一件事是源宝最乐意做的，就是给每一个人拿鞋子，尤其是给他最最喜欢的外公拿鞋子。外公下班回来，就会把鞋子脱了拿到阳台的鞋架上放起来，然后换成拖鞋。有一天，外公脱过鞋子没多久，独自玩耍的源宝拎着一双大鞋

萌娃与小狗

子跑到了外公的面前递给他，昂着小脑袋，一副示好的神情。一点没错，是外公天天穿的大鞋子，还真不轻呢。外公惊喜得差点晕了过去，小外孙有用了，知道给外公拿鞋子了！后来，源宝经常给我们每一个人都拿鞋子，而且从来没有拿错过，准确无误！更为甚者，家里来的客人他也会帮他们拿鞋子。有一天，木桐来我家玩。我们聊得正欢，只见源宝拎着她那双漂亮的小鞋走过来了，直接就递到木桐面前，嗷嗷乱叫。见状，木桐也是惊喜异常。这让我想起了那些想讨好主人的小狗，它们也是经常叼着主人的鞋子跑到主人面前邀功呢。小人儿和小狗的心思差不多吧，递上你的鞋子，表达着善意和友好，真令人感动呢！

昨天，午觉过后，我带着源宝在床上玩耍，他看见了一个小海绵球，就捏在手里给我看。我不想下床去丢这个小垃圾，就试探着说，这是一个小垃圾，你把它丢到垃圾桶里去好吗？只见源宝秃噜一下就爬下了床，捏着小海绵球就往外屋跑。我不放心，就下床来悄悄跟在后面，只见他穿过外屋又往厨房跑，那里有个垃圾桶，用力一扔，小海绵球就被扔进去啦。乖乖，这孩子还真能听懂大人的话了呢，能当小童工用了呢，没白养！今天我又试着让他丢垃圾，他照样又丢了进去，末了还拍拍小手。我给了他一阵热烈的掌声，表扬他的能干。得到赞美的小家伙好得意。这个积极性我希望他继续保持下去，发扬光大。

不过，现在我又发现了他另一个本领——会告状了。我在看电视，忽见源宝哭着从厨房里跑了出来，一头扑到我的怀里，哭声里还带着告状性质的哀怨。原来是大姨姥姥在烧饭，不让他拿锅盖玩，他没办法就跑到我怀里告状来了。表达不好，就哭天抢地。你看看，你看看，也还是蛮狡猾的呢。

家有小宝贝，我们和他一道享受成长的乐趣，天伦之乐也。

外婆心得

随着时间的推移，小宝宝们都会渐渐长大的。和辛劳相比，宝宝成长期间带来的快乐，实在是太多了。有宝宝欢声笑语的家庭，祥和幸福。

2016/9/20

三十一、孩子属于大自然

10 月 9 号，源宝整整 18 个月大，也就是一岁半啦！小人儿长着身体也长着心眼儿。不是可以随便糊弄的小不点啦。可以说是野心勃勃。每天都要出门遛弯，尤其是要到绿草如茵鲜花盛开有好风景的地方去撒野，最开心。

春夏时节，曾经三次带他去郊区三十里岗乡的瓜牛公园（名字很有乡土气）游玩。每次去，他都玩得乐不思蜀。因为这个公园有一条用塑胶铺成的乡间小道。小道一边是弯曲的小河，河水里有青青的水草和小精灵般在水里钻进钻出游泳嬉戏的黑水鸡。另一边是花园和跑马场，花园里盛开着五颜六色的鲜花，骑手们骑在马背上沿着跑道奔驰，好不威风。还有头顶上的风铃在风儿的鼓舞下发出了叮叮当当清脆悦耳的响声，迷死孩子们了。源宝和他的小哥哥魏宝宝就沿着这条空无一人的塑胶跑道，跑啊，跑啊，跑！再也不要我们大人抱了,能跑多远就跑多远。

一群喜鹊飞来了,停在头顶的大树枝上。我告诉源宝,这是小鸟喜鹊,你看多漂亮啊!源宝昂着满头大汗的小脑袋,很认真地顺着我的手指往上看,呜哩哇啦发出了谁也听不懂的欢叫。那意思肯定是说小鸟、小鸟!现在,他的小舌头还不如小鸟灵活。路边有许多野花野草,小家伙经常蹲下来揪一根,攥在手里,久久都不肯松手。有人丢弃的空饮料瓶,小家伙看见了拾起来往嘴里送。我就说,这个很脏了,不能喝,扔掉吧。他也是能听懂的,赶紧扔掉不说,还拍拍小手,悻悻然地跑掉了。

金秋十月,小区里的桂花开满了枝头,我抱着源宝站在树下,桂花的馥郁馨香在空气中弥漫,甜蜜到心。让他学着我的样子把鼻子凑到花枝旁使劲地嗅。好香啊!我夸张的表情使他觉得滑稽,跟着就咯咯笑了起来。我说,这是桂花,桂花最香了,外婆最喜欢了,宝宝闻闻香不香?于是,源宝就使劲地点头。下次再抱他站在桂花树下,他就主动地去闻香了。

别看这么小的孩子,你的所作所为,他都会记得的,只是不会说话表达而已。比如今天上午我去楼下倒垃圾,回来后只见源宝拿出了一卷垃圾袋学着我的样子在那里使劲撕呢,又硬跟着我一起把垃圾袋装上。有一天,我惊讶地发现,他爬到桌子上准确地打开了我的电脑,然后对着屏幕按着鼠标乱点。真不知道他是什么时候学会的,那个开关可是在侧面隐蔽的地方。所以说，一周岁多的孩子，正是大脑接收知识的极佳时期，带孩子出去跑跑，让他多多接受自然界的事物，肯定受益终身。

合肥植物园的菊花已经盛开了，那就带源宝去看看吧。秋天里，不去赏菊，真是很有缺憾的。

正好是周日，细雨霏霏，时停时下。进入园子就好像来到了大氧吧，空气湿润清新，还带着馨甜的桂花余韵。人立刻就欢畅了起来。路两边摆满了盛开的菊花，鲜艳夺目。还有许多其他的花儿也在紧随这最后的秋阳，努力地绽放。让人迷惑这是春天还是秋天？尤其是那大片盛开的向日葵，太振奋人心了。流连其中，仿佛回到了金色的童年。源宝到了这种场合，如放飞的小鸟，如欢腾的小马驹，在绿草地上跑来跑去，一眨眼就跑好远，拽都拽不住。我们告诉他，这个是菊花，那个是向日葵，紫色的是薰衣草，水中开的粉色花是睡莲……可能他还很迷茫。没关系，大自然的美好，孩子们都能领略，他们是用本真去爱的。

最近十多天阴雨绵绵，源宝无法出门溜达。我看他憋得快出毛病了，皱着眉头哭歪歪的，拿着钥匙就去开门，或者嗷嗷叫着指着大门，拉着大人朝门口走。我们说，下雨，不能出去。他就号啕大哭起来。怎么办呢？实在不行，我就开车带他出去兜兜风，或者到游乐场玩玩。这都不能令他开心。听说，其他几位好朋友家的小宝宝也在家里闹腾呢，宝宝们集体抑郁啦。

所以说,孩子是属于大自然的。希望老天快快晴起来,咱们的孩子还要出门玩耍呢!

外婆心得

野外有自然的风景,清新的空气,开阔的视野。对于一岁多的宝宝来说,太有诱惑力了。再好的室内游乐设施,都不能和大自然相媲美。尽可能地多带宝宝去享受大自然的奇妙吧。

2016/10/27

三十二、天性初显小男生

日子真快啊,源宝现在已经 19 个月大了。一场初冬的雪,猛然惊醒了我们,一年又要过去了。

也就是在上个月,源宝还抱着奶瓶不放,不喝足奶不睡觉。可是,这几天我们明显感觉小家伙对奶瓶不那么亲近了。可有可无的态度。倒是对饭食很感兴趣,尤其爱吃萝卜红烧肉或者花菜红烧肉汤拌米饭,还有鱼汤下面条,一顿能吃一大碗! 每天早晨的一碗蒸鸡蛋羹,那是不费事就下肚的。活像一个大肚汉。

刚开始给源宝添加辅食的时候,他吃米饭就吐,一粒米都不想吃,只吃面条。那时候我们很焦虑,觉得小宝宝偏食。现在看来不是这样的。婴幼儿的成长,真是一个月一个样。小宝宝身体没发育到那个阶段,是没有能力提前接受外界新事物的。等时间一到,还真不用愁着不吃这不吃那不懂这不懂那了。

每天吃得很开心的源宝,心情也特别好。你给他戴个帽子他要跑到穿衣镜前照一照,你给他穿件新衣服,他更要到穿衣镜前照一照!左看看右看看,对着镜子偷着乐。前一段时间张奶奶来看他,给他买了个小书包。这个小书包成了他的最爱,每天早晨起来穿好衣服后,就指着小书包要我给他背上。背上后还一定要把前面的小搭扣扣上,当小搭扣咔哒响亮一声扣上了,他的小脸就随着那声咔哒乐开了花。背着小书包满屋子乱跑。自我感觉太良好了,真有那么点小正太模样呢。

电视上儿童台的节目,尤其是一些制作精良的动画片,画面漂亮故事有趣,寓教于乐。就连我们大人的目光都被吸引住了。可是人家源宝愣是不爱看这些花花草草小猫小狗什么的,人家要看成人的《快乐无敌大 PK》。这是一档电视打牌斗地主节目。只要电视上出现四副牌面和啪啪啪出牌的声音,他就特别兴奋,跟着喊啪!啪!啪!有时候我们故意点到儿童台,他就把遥控器拿来递到你的手中,说着牌、牌、牌!另一节目《男生女生向前冲》也是他的最爱。这是一档攀越水上运动障碍的节目。那些向前冲的男生女生们如下饺子般噗通、噗通落水的画面,令源宝兴奋不已。每天,我都要在他的强烈要求下和纠缠不休中打开电视回放给他看这两档节目。真没办法,他随时想起就要看。难道小男孩天生就对争斗类或对抗类的事物感兴趣吗?噢,对了,源宝最

秋天里的萌娃

喜欢枪，一大堆玩具，最终他都是挑选一支枪拿在手中。尤其那个他外公买的电动机关枪，一扣扳机就呼啦啦的响，还伴随着电光闪闪。那是他最喜欢的啦。邻居家有个和他差不多大的小女孩，整天安安静静地跟着奶奶散步，弱小娇俏的模样，令人怜爱。人家已经会背“床前明月光”啦。可是，源宝语言表达不清楚不说，一出门撒开丫子就跑，一副混世魔王的模样，哪里会安安静静站一会儿呢？

看来，男孩女孩，在这个时候就开始分道扬镳啦。

外婆心得

男孩子和女孩子还是有很大差别的。男孩子好动、易兴奋，有攻击性。女孩子安静、胆小，不会主动惹事。所以，家长们对于男孩子从小表现出的这些行为，不要认为是不听话或调皮捣蛋，不要动不动加以斥责或武力制止。只能是顺着这个天性慢慢引导。

2016/11/27

三十三、2016 收获大

2016 年即将过去。纵有万般的辛苦操劳费心费神，源宝茁壮成长所带来的欢乐，都足以让我们感受到生活的美好和生命的奇妙。

小孩子真是见风长，这不，年初源宝还是襁褓中的奶宝宝，现在，到 12 月 9 号，他可是具有 20 个月龄，能够爬高上低大口吃饭大口啃猪蹄的“棒小伙”啦。

小家伙最明显的特征是身手灵巧。他拿到任何玩具捣鼓几下就可以很快掌握操作方法，对于有按钮开关的最感兴趣。那些有螺丝帽的瓶盖子，他会不厌其烦地拧开拧上再拧开再拧上。我们家抽屉里的牙膏和化妆品的盖子几乎都被他拧掉了。我整天就是弯腰到处寻找这些盖子，盖上后又被他拧掉，循环往复……

他最喜欢看我手机里给他存的录像，反复播放。跟着里面的自己大叫大喊，笑得合不拢嘴。急了就夺过去自己抱着手机看，看着看着小手碰到屏面就弄丢了，我只好拿过来重新播放。我拿的时候都是两边掐着不碰屏面的，这样就能一直播放完毕。这两天，他又闹着要看自己的录像，打开后他又抢了过去，我发现他的小手翘着，非常小心地从后面捧着手机，坚决避免碰到屏面上。即使是换手的时候，也是小心翼翼的不去碰屏面。这个小家伙的观察和模仿能力实在是太强了，还能自己纠正错误。

爬高上低是源宝的拿手好戏。他可以轻而易举地爬到饭桌边的椅子上，站在上面要和我们一道吃饭。拿着筷子乱挥乱舞，端起杯子要和我们干杯，还吸溜溜假装喝一口。所以，一到吃饭我们都很紧张，要有一人把他看好了哄好了。否则这顿饭别想吃安稳。他最喜欢往床上爬，要是矮床一下子就上去了，高床他就借助于床头柜，先是爬上床头柜，再从床头柜上一滚就滚到床上来了。那个得意啊。每次从高处往下爬的时候他是非常小心的，没有十分的把握，他会重新爬上去再寻找爬下来的方法。这个小家伙也知道命宝贵，本能啊。

和他灵巧的身手相比，源宝的语言能力实在不敢恭维。整天哇里哇啦地乱叫，一个整句子都说不出。可不就是一个拙娃娃。现在，只会清晰地喊爸爸、妈妈和哥哥（他最喜欢小哥哥魏宝宝），最多会喊公公和婆婆（外公和外婆他说不好，自己简化成公公和婆婆的）。有一天，我念儿歌，小兔乖乖把门儿开开，他突然接了一句不开、不开。这可把我乐坏了，赶紧告诉大家源宝可以接话了。我又重复说小兔乖乖把门儿开开，期望源宝能接着说不开、不开，让大家听。可是人家至今就再也没接过。唉，好失望！看来，这孩子真是金口难开啊，只好耐心等待喽。

不过，对于我们大人说的话，我看他是很明白的。尤其是夸奖他的话，很是受用。比如他正在照镜子，你夸他漂亮，他会在镜子里对你微笑，对你示好。当然，对于训斥他的语言，这边听过，那边就会号啕大哭，情绪非常受挫。所以，现在我们大人说话，都会考虑到他的感受，轻易不会去刺激人家那小小的敏感脆弱的神经。尽量让他保持愉快的心情。

这几天，他的语言能力又有了一些进步，会出其不意地表达自己的某些意愿了，比如要是他不想吃这个东西，他会说辣、辣（这里面包括找借口的成分）。要是洗脸的水有点热，他会说烫、烫。要是想解大便，会说便便、便便。看到电视里的男女主播会说浮浮（叔叔）、阿姨。胜利在望啦！

这一年，源宝从满地爬行，到蹒跚学步再到稳健奔跑，从咿呀乱叫，到会喊爸爸妈妈，完成了“从猿到人”质的飞跃。从此我们都不可小觑这个将来祖国的接班人。

祝福天下所有的宝宝都能健康成长！

外婆心得

宝宝们会说话有迟有早。早的一周岁就能很清晰地喊爸爸妈妈了。迟的甚至到三周岁才开口喊人。只要检查身体一切正常，家长们不用担心宝宝说话迟。那叫“金口难开”。

2016/12/14

三十四、给宝宝做个新年台历

新年来临，喜气洋洋。做件什么样有意义的事情来纪念源宝一年来的茁壮成长呢？

有朋友提议把宝宝的照片做成台历，每月一张，一张一个变化，把他成长的点点滴滴定格在台历上，品味着小生命蓬勃拔节的美好瞬间，该是多么有趣又有纪念意义。是个好主意。

说干就干。木桐整理出了她跟踪拍摄的源宝出生20个月来比较满意的十二张照片。从网上直接传给了制作人。我又和制作人在微信上讨论了照片顺序和版式以及相关细节，几个来回就OK了。接下来就是网上付款。不几天，印有源宝12张成长历程照片的2017年新年台历就快递到家啦。

全家人看到这新颖别致个性化十足的新年台历，都好激动。左看右看,翻来翻去,爱不释手。外公笑眯了小眼说,真好啊,真好啊!妈妈欢快地说,我要带到办公室去,天天看着咱儿子。咱儿子真俊!姑奶奶、姨姥姥、舅爹爹、舅奶奶、七姑子、八大姨,身边一干亲朋好友看到了我发的新年台历微信后,都说要一本。觉得好玩有趣有意义。

记得去年冬天,源宝还只是八九个月大的胖娃娃。一天,大雪过后,木桐拎着她的单反相机来了。进门就说,赶快、赶快,这样的大雪多年少见,我们下楼给源宝拍雪景去。于是,我们赶紧给源宝穿戴整齐,戴上那顶紫红色小将军帽,来到了雪地里。小宝宝对这洁白晶莹的冰雪世界非常好奇,拍照时很配合。随着木桐照相机咔嚓、咔嚓的响声,源宝人生第一次珍贵的雪景照片就定格在了镜头里。我在这些雪景照中选了一张放在台历上。看到这张照片,就会想起 2015 年 12 月的罕见大雪,也会想起拍照时的欢乐心情。

转眼六一到了,源宝已经会走路了,这是多么大的进步啊!当初盼望他赶快会走路的迫切心情,至今记忆犹新。初夏时节,万物蓬勃,绿草茵茵,鸟语花香。木桐又拎着相机来了。她说,附近的黑池坝景区有花草树木还有水,风景极美,咱们给源宝照相去。此时的源宝已经知道臭美了,来到了黑池坝,对着镜头笑得不知道有多开心,拍照很顺利很成功。我也从这一组照片里,选了一张放在台历上。噢,对了,瞧那小粪耙子头,还是我剃的呢。虽说是豁牙咧嘴不整齐,却也是木槿外婆我赶鸭子上架使出浑身解数现学现卖的手艺呢。

身上的红 T 恤是小哥哥魏宝宝的旧衣服,俺们穿在身上也一样好看鲜亮。

冬日的暖阳照在身上暖和和的,一只小狗围着源宝转。敢情小猫小狗们也是喜欢小孩儿。源宝看到小狗也是格外喜欢。于是,一张阳光少年和小狗的照片就诞生了。这是木桐给源宝的摄影里面最成功的照片之一。镜头里的源宝已经有模有样了,迈着自信的步伐,微笑着昂头挺胸向前看,一只可爱的小狗跟在他的后面。画面动感强烈,生活气息浓厚,还带着人与动物的和谐美。每每看到这张照片,我都会长久凝视,感受着成长的欢乐和生命的美好。

是啊,从前在台历上也只是看到俊男靓女明星们的美照。现在,自家小宝宝的照片也堂而皇之地印了上去。套用一句时髦的话叫私人定制,和那小明星没什么区别了。时代的进步真让人眼花缭乱。生活在互联网如此发达的这个时代,小宝宝们真是有福了。人生的丰富多彩从孩童时代就隆重开启。

如果你家有小宝宝,不妨也去给他(她)制作个新年台历,定格了珍贵的成长瞬间,在时光流影中啜饮生活的甘露。

2017/1/12

三十五、学门语言不容易

源宝已经 21 个月大了，跑起路来杠杠滴，吃起饭来呼呼滴，讲起话来呜哩哇啦滴。

你理解对了，就是说他走路吃饭都没问题，就是讲话还很艰难。可这语言的问题又是那么重要。

我好友 Y 姐的小外孙是中英混血儿，刚两岁，回中国见到外公外婆就说中国话，家里和爸爸说英国话，和妈妈就是中英文混搭。你说说这样的孩子简直就是赢在人生起跑线上了！没有这种语言环境的孩子，家长们也是不甘落后的。你没看到，一打开电视机就是少儿学英语的广告，宣称如何神奇，小宝宝一用上某某学英语神器，会说英语就是手到擒来了。家长们的心态就是不能输在起跑线上，这边会走路，那边咿呀学语就要双轨制，中英文齐头并进！还别说，就是有一些孩子两种语言说得都不错。比源宝大几天的那个邻居的小女孩,人家也会说几句英语了。

再回头看看源宝,说话那个艰难啊。经常是呜哩哇啦讲半天,我们哪里知道他要干什么呀。只有瞎猜,猜对了,皆大欢喜,猜不对,急得宝宝又是一阵乱叫。真是沟通有障碍啊。或许他懵懵懂懂也知道语言的重要性了,早晨一睁眼就开始勤学苦练啦。先说最简单的,爸爸妈妈阿姨夫夫(叔叔)。喘口气继续,爷爷奶奶公公婆婆,哥哥姐姐大姨舅舅,但凡能想起来的称呼,就那样说一遍。说过后,再喘口气。接着再从头到尾说一遍,不厌其烦,和练习单口相声差不多。真是难为这说话愚笨的孩子了。

几天下来,还真有进步。上周某日,他看到熊出没的电视,突然冒出一句,光头强——,随后又冒出一句,变羊羊——。虽说调子很不准,像小公鸭学叫唤。可是,我们听了却觉得这是世界上最美妙的声音了! 全家齐欢呼,源宝能说三个字的话啦! 源宝看到大家这么高兴,也觉得自己很了不起,继续着光头强、变羊羊……

这几天会说的话又多了些,不仅仅是会喊人,还能够表达自己的一些状况和想法了。比如自己不小心摔跤了,就会自嘲地说栽——倒——。想吃想喝什么会说,喝水,吃蛋蛋(吃鸡蛋),吃面条。洗澡时他很享受地躺在澡盆里,听说要把他抱起来穿衣服了,就会大叫,不起、不起! 有一次我吓唬他说有狼,他接口就说,老虎,还知道归类了呢。这不,我大姐带他出去玩,他指着我大姐告诉别的小朋友,大姨——脑

（姥），还会社交介绍人了呢。

源宝他妈妈小的时候，11 个多月会走路，跟着就会说话了，我们从来没有担心过小孩子说话的事情。现在被小外孙源宝纠缠住了，发现原来有的小孩子学说话很不容易呢。大人们常常自我安慰是金口难开。就算是金口难开吧，可是等待开金口的过程还是有些焦虑不安的，生怕孩子生理上出现缺陷。

现在，源宝即将进入语言爆发期，母语中国话看来是不成问题了。至于今后的语言发展程度，也就顺其自然吧。咱中国话学好了说透了，也是一门大学问呢。

外婆心得

普通家庭的小宝宝要先学习好母语，这非常重要。虽说是有专家说，三岁是孩子学习语言的最佳时期。但，本人认为，待母语基础扎实、说得顺溜了，再考虑学习其他语言也不迟。家长们不能太急切。路，要一步一步走；饭，要一口一口吃。有双语氛围的特殊家庭，那是得天独厚的自然条件，不可比拟。一家之言，仅供参考。

2017/1/23

三十六、光头强的小粉丝

这是源宝度过的人生第二个春节。上一个春节，他尚在襁褓之中，对各种事物还懵懂无知。只知道吃饱了睡，睡好了玩，或者在学步车里练习走路。比较好糊弄。

今年春节，已经 22 个月大的源宝，脑袋瓜子复杂多了。行动能力也大大提高。精力充沛，需求旺盛。尤其是对动画片感兴趣。至于看什么动画片，人家也有自己的主张，那就是要看《熊出没》，要看光头强。百看不厌。

这电视台又不是俺们家开办的，少儿节目并不总是有光头强给他看。没办法，只好哄着让他看别的动画片，比如《猪猪侠》《喜羊羊和灰太狼》《大头儿子和小头爸爸》《超级飞侠》……好多呐，都是很好看的节目。看这些节目，源宝一开始也很感兴趣，逐渐安静下来。就在我们以为转移了他的注意力时，人家拿着遥控器就找了过来。换、换、光头强、光头强！虽说是语言含混不清，连不成句子，可是，我们家人还是能听懂的，他是说要换频道，寻找光头强！

那好吧，只好给他找。好在频道很多，春节期间许多台也都在放《熊出没》，基本上能满足源宝看光头强的愿望。最近，突然许多台不放《熊出没》了，可是源宝还吵着闹着要看光头强，看不到就哭，没办法。我只好上电脑给他寻找光头强。

这么多好看的动画片，比如《大头儿子和小头爸爸》中的大头儿子多活泼可爱啊，还有那个《超级飞侠》中的乐迪全世界到处送包裹，在天空中飞翔的姿势太帅了，清新明亮的动画形象多吸引人的眼球啊。可是源宝愣是迷上了这位丑不拉几猥琐滑头受熊欺负受老板压榨的伐木工光头强。

有一集是光头强的老板给了他许多西红柿当工资。光头强一开始挺高兴的，有西红柿吃了，好吃。可是，吃到最后就吃厌了，做梦梦到自己被西红柿包围了，甚至自己长了西红柿的脑袋和尾巴，吓得哇哇乱叫。梦中惊醒，从床上爬起来坐在那儿。看到这儿，我就说，这不是真的，是光头强在做梦呢。于是，源宝记住了做梦两个字。后来再看到这一集，等演到光头强从床上爬起来惊魂未定的样子时，源宝就会瓮声瓮气拉长声音说，做梦。后来还有其他类似做梦的情节，他好像也能理解，末了也会瓮声瓮气拉长声音说，做梦。不到两岁的孩子，懂得什么是做梦啊，想想真好笑。兴许懂呢，也不能小瞧了这些小鬼灵精。

为了满足源宝对光头强的热爱，给他买了许多有光头强形象和语音的玩具。有光头强手枪、光头强打鼓、光头强汽车（配有光头强的武器锯子和机关枪）等等。这些玩具，源宝爱不释手，一个也没有丢弃，也没有弄坏。也真是奇了怪了，其他玩具缺胳膊断腿少零件那是太稀松平常的事了。更奇特的是，他要是外出玩耍，看到别的小朋友穿着印有熊大熊二标志的鞋子或衣服时，他会追着人家喊光头强、光头强！弄得人家小朋友不知所措，拔腿就跑，离他远远的。这个光头强的小粉丝吓到别人了。

既然源宝那么喜欢光头强，我们全家也都跟着他看《熊出没》，也跟着他笑跟着他叫。看到光头强可怜兮兮滑稽可笑的样子，也觉得这个人物着实令人捧腹令人同情又令人喜欢。

我想，源宝那么小，他其实还不懂什么是滑稽好笑或者可怜可恨。可是光头强的形象就是那么直观夸张，喜怒哀乐溢于言表，坏点子小聪明也写在脸上。这些，和纯净的童心相当接近。看到光头强被两只狗熊追赶摔倒了，源宝会说，摔倒。看到肥波喵呜喵呜地叫唤，他也跟着喵呜喵呜地大叫。看到光头强钓了好多鱼，他会说鱼。看到两只熊走在黑夜的森林里，他会说天黑了。还有好多好多，都是源宝喜欢的感兴趣的。

光头强给了源宝一个原始立体的鲜活明快的纯真朴实的森林大世界。让他安静、欣喜、快乐、着迷。看光头强的过程中，他也增长了许多知识，寓教于乐啊。

现在，我也是光头强的粉丝啦，即使源宝没吵着闹着要看光头强，我的心里也在惦记着这个多少有点可怜的伐木工呢，希望那个李老板不要克扣他，每个月能拿到工钱，不被熊捉弄。

和宝宝一道观看动画片，仿佛回到了童年，真是趣味多多。不过，宝宝看动画片要掌握时间和节奏，不能放任。否则，会伤害视力，对学习其他知识也有影响。

（本文被新浪网推荐到新浪博客首页发表）

2017/2/19

三十七、龙抬头日去剃头

有宝宝的人家都有一个心病，那就是害怕给宝宝剃头。可以肯定地说十个宝宝去剃头至少要有九个哭闹，甚至是鬼哭狼嚎地拼命。源宝就是那个拼命的小家伙。

春节前，他的头发已经很长了。本来是要给他理发的。可是，惧怕他的哭闹，全家没有一个人愿意带他去。正月里又有忌讳，不给小孩子剃头。就这样耽搁下来了。头发越来越长。最近一段时间带他出去玩，经常被人误以为是个小女孩。哪有这么顽皮的小姑娘？好笑死了，假装斯文呢。

眼巴巴等着二月二来临，好给源宝剃头。农历二月二这可是个好日子。民间传说，每逢农历二月初二，是天上主管云雨的龙王抬头的日子。从此以后，雨水会逐渐增多起来。农耕社会，这太重要了。因此，这天就叫“春龙节”。我国北方广泛流传着“二月二，龙抬头，大仓满，小仓流”的民谚。龙是中国人的吉祥之物，是和风化雨的主宰，这一天是要举行很多仪式的。其中“剃喜头”流传至今。借龙抬头之吉时，给宝宝剃头，保佑孩子平安吉祥，健康成长，长大后出人头地。所以，全中国的小宝宝差不多都要在这一天去剃头啦。

心里还是惧怕，真不知道这小子会哭闹成什么样呢。再怕也得去啊。理发店九点开门，我们及时赶到，还是迟了。理发师傅说已经理了 5 个小宝宝了，还有排队的，我们得等。只见一个正在理发的宝宝拼命挣扎大声哭嚎，理发师傅是老手了，无论宝宝怎么挣扎乱动，他都有办法把宝宝的头理好，真心佩服。

在等待的时候，源宝似乎很开心。他见到有这么多的小朋友聚集在这儿，就觉得有人和他玩了。看看这个笑笑，看看那个撩撩，傻呵呵乐呢。也难怪，22 个月大的源宝还没进过理发店。此前的几次理发都是我这个外婆赶鸭子上架在家里给他理的。第一次，是他一百天的时候，还是个懵懂的小婴儿，我下手很快，没等他反应过来，已经剃得差不多了，真是欺负人家迷瞪啊。第二次大概有半岁多了，已经知道反抗了，我艰难地给他剃了个粪耙子头，坑洼不平，惨不忍睹。带出去，多半都会引起人家的嘲笑——谁的手艺这么好啊，哈哈！后来的几次，一次比一次艰难。春节前的那一次，本来我也想在家给他理的，刚拿起电动小推子，他就跑掉了，抓不住了。现在人家本领大啦，知难而退，看来此后真的要进理发店啦。

剃头往事回忆起来既后怕也有趣。轮到我们上座椅了，源宝还是没反应，以为是好玩的呢。可是电动的推子往他头上那么一推，就坏事了。可能是想起家里的那个电动推子的感觉了，立刻号啕大哭起来。理发师傅眼疾手快，我狠狠心使劲按住他的头，不让乱动，可是这小家伙真有劲，几次都挣扎出来，弄得理发师傅真不知道从哪下手好了。当然，无论如何到了最后还是理好了。谢天谢地，这一关，终于过去了！立刻抱他出门，鼻涕眼泪一大把。哭声未停，临走时，源宝哽咽着还不忘和人家说再见。懂礼貌的小宝宝，也蛮心疼人的。但愿以后去理发，他不要这么拼命哭闹了。

想必，许多家的小宝宝们今天都大哭了一场吧？当然，哭声中换来的是新发型新面貌，更是吉祥如意。

孩子们在哭声中渐渐长大，等长大了，你想听他们哭都听不到了呢。二月二，真是个好日子。

外婆心得

带宝宝去理发是一大关。惧怕的不仅仅是孩子，也还有大人。再难的关，都是可以过去的。剃一次头，宝宝就长大一点，再剃一次头，宝宝又长大一点。可别忘了，龙抬头那天，一定要带你家宝宝去剃头。

（本文被新浪网推荐到新浪博客首页发表）

2017/2/27

三十八、到野生动物园去撒欢

大好的春光可不能辜负了。看啊，柳树发芽了，玉兰花儿开了，小鸟儿在欢唱。在一个阳光灿烂的温暖春日，我们姐仨带着源宝和他的小哥哥魏宝宝小哥俩出发了。目的地——合肥市大蜀山野生动物园。

23 个月大的源宝还没有到过野生动物园呢，除了看过家门口的小猫小狗，还有邻居家养的小兔子外，别的动物还真没见过几种。当然了，在电视里见过熊大熊二和小猴子吉吉国王小松鼠蹦蹦等，可这些动物源宝肯定不会认为是动物，那只是他喜欢的小明星。6 岁的魏宝宝仅仅和爸爸妈妈来过一次动物园，也是非常渴望再到那里去好好玩耍一番的。

刚进动物园大门，源宝就不要大人抱了，沿着干净整洁的道路撒开丫子往前跑。那个新奇欢乐啊！也是，由于不是周末,偌大的园子没有多少游人。天气温暖宜人。花儿草儿都显露出蓬蓬勃勃的生机。天湛蓝湛蓝的。各种鸟儿在茂密的树林中飞来飞去,不时发出欢乐的鸣叫。在这样美好的大自然中,孩子们怎么能不欢欣鼓舞呢?尤其是有小哥哥陪着出去玩,源宝的心情那是倍儿爽。

走着走着,就开始有动物们出现了。一只骆驼悠闲地躺在路边。魏宝宝认识,大喊骆驼、骆驼!我以为源宝会跟着大喊,可是这个小家伙却视而不见,径直朝旁边一片盛开的梅花丛中跑去。脚下是满地的枯树叶,踩在上面沙沙作响。梅花很美,大人们忙着照相,他就在这枯树叶上来回奔跑,或者在旁边干涸溪流中的小石头上乱踩,累得呼哧呼哧直喘气。魏宝宝毕竟懂事多了,很配合大人们摆出各种姿势臭美。

路过小卖部,给他们每人买了一对玩具母子猴挂在脖上,一个绿色一个橘红色,鲜艳夺目!身上挂着母子猴的两个小男生跑起路来更带劲了,也为这趟游玩增添了活泼灵动的趣味。

孔雀,美丽的孔雀,有三只呢,正在树林的空地上晒太阳。我们姐仨取下漂亮的丝巾使劲摇摆,试图逗引孔雀开屏。可是,那几只孔雀就是不买账,懒洋洋地走了几步就没动静了。我们只有悻悻然离去。对于孔雀,源宝似乎也不大在意。还是喜欢在草坪上奔跑、撒欢。

猴山到了。一大群猴子在山上玩耍,好多人在隔着水池的围栏外观看，不时有小孩子的尖叫，猴子、小猴子！也许源宝想起了《熊出没》里的猴子吉吉国王，对于眼前出现真实的小猴子有些兴奋。当然了，也不忘和身上挂着的小猴子比较比较。估计，这趟野生动物园，留下深刻记忆的也许就是小猴子了。

长颈鹿在一个很大的园子里吃草呢，远远就能看到。待走近后，更能近距离观察。小哥俩都看呆了，尤其是源宝一动不动，傻傻地望着眼前这个庞然大物。我们告诉他这是长颈鹿，漂亮的长颈鹿。长大后，他能否记得这个长颈鹿呢？

看鸟也是重要的事。一进入那个蓝天下的硕大鸟笼，就看见一群白鹭沿着鸟笼的顶端在翱翔，不时发出阵阵鸣叫。好壮观！一池春水碧波荡漾清澈纯净。白天鹅、黑天鹅、绿头鸭，还有其他叫不出名字的水禽在里面欢快地游来游去。它们一点也不怕人，看到有人行走在池中间的小桥上，就追逐着游过去，划水的姿势从容优雅。你要是驻足观望，它也会仰着头望你。四目相对，好像是久别的老朋友，令人不舍。魏宝宝最喜欢这里了，欢呼雀跃，都不想离开了。源宝很激动，天上的飞鸟和水里的水禽都让他应接不暇。是啊，从长这么大，哪里见到过这么多鸟儿，可算长见识了。

园子里有几棵高大的树上开着洁白美丽的鲜花，在碧绿树叶的衬托下格外醒目。这是早春的花儿，有个好听的名字叫深山含笑。春天里，尤其是早春，所有率先开放的花儿都会给人以惊喜和幸福。

临近中午,太阳愈发温暖。还有许多动物没法一次看完,那就留待以后吧。游乐场上的旋转木马在不停地旋转,我抱着源宝,二姐抱着魏宝宝骑上了木马,随着小木马一上一下欢快地奔腾,孩子们在欢笑,大人们也在欢笑。这欢笑飘荡在明媚的春光里,回响在我们祖孙的心间。

记不得谁说过,给孩子读十本书,都不如带孩子走进一次大自然。大自然真是孩子们最好的老师,最真诚的朋友啊!

外婆心得

春天里,带孩子走进大自然是最明智的选择。大自然中有鲜花、小草、昆虫、小鸟和其他小动物,还有蓝天白云和春风。这一切,书本上是没有的。

(本文被新浪网推荐到新浪博客首页发表)

2017/3/14

三十九、给孩子们一个桃花源

三十岗的桃花开了，正举办一年一度的桃花节，还上了中央电视台。

无论如何我们都不能错过赏桃花的大好时机。

那年游览九华山，已经是暮春时节。城里的桃花早陨落了。可是，在九华山高高的山崖上，随处可见浓淡相宜清新娇美的桃花在怒放。真是“人间四月芳菲尽，山寺桃花始盛开”啊！那种惊艳，至今记忆犹新。

中国人对于桃花的感情，不是单纯在春天里欣赏它的鲜艳明媚。在它身上，还潜藏着一个隐秘的梦幻——桃花源。那是一个不知今夕何夕没有纷争人们相亲相爱和睦相处的神仙秘境，有缘人是可以找到它的。一代又一代的国人在这梦幻中，走过了童年少年青年中年和老年。

源宝还有半个月就两岁了，对于许多人间的美好也有自己的感悟和记忆了。趁着桃花盛开的大好春光，带他去赏桃花看美景。我想，在他幼小的心灵中一定会播下一颗美丽的种子。长大了，他定会去寻找自己心目中的桃花源。

3 月 28 日，多云转晴，春风和煦。照例，我们姐妹仨带上源宝和他的小哥哥魏宝宝小兄弟俩出发了。车子驶在宽广笔直的乡村公路上，路两边到处都是盛开的鲜花。垂丝海棠、日本晚樱，争奇斗艳。农户家的小院一簇桃花不甘寂寞地露出头来。大片金黄色的油菜花把田野装扮得异彩纷呈灿烂辉煌，简直就是一幅传世油画。还未到桃园，这景色就已经美不胜收了。车里两个小伙子高兴得手舞足蹈。源宝甚至还唱起了：五星红旗迎风飘扬，胜利歌声多么响亮……近一段时间，他表达欢乐情绪的方式就是唱这首他最喜爱的歌，虽说口齿还不甚伶俐。

一路欢歌。突然，路边出现了大片的桃林，姹紫嫣红人声鼎沸，三十岗的桃蹊生态农场到啦！

这个农场种有 5000 多亩近百个品种的桃树，当它们在春天里一起怒放的时候，那是什么样的景色呢？走在果园的路上，朵朵桃花，亮瞎了人的双眼。即使是源宝这样的小不点儿，也知道这里的美。根本拒绝大人的抱，迈开小腿就往桃花林里钻。稍不留神，就可能让他跑丢了。

这里的桃花以粉红色居多，这也是我最喜爱的颜色。粉红色恰似古典美人，轻盈娇媚，含羞带露。其次居多的是大红色。热烈的大红连成一片，气贯长虹，云蒸霞蔚，令人震撼。另外还有少量白色。白色的桃花颇具仙风道骨，有一种特立独行、俊逸洒脱的美。在这壮观的粉红色、大红色间或白色桃花盛开的地方，行走其间，真不知今夕何夕了。

不是双休日，却是游人如织。老老少少个个洋溢着幸福的笑脸。带着孩子们来到桃林里，寻一僻静处，坐在树下。要好好和桃花来一番亲密接触。

一只锦鸡呼啦一下从不远处飞过，漂亮的羽毛在阳光下闪着斑斓的光芒。兴许是我们惊扰到了它。几只喜鹊飞来飞去最后落在我们头顶的树枝上，喳喳、喳喳，鸣叫不休。它们倒是很大方，不怕生人，或许是对我们表示欢迎吧。桃树下的小野草蓬勃旺盛，蒲公英开出了小黄花，续断菊的叶片长得很肥大，繁缕草接天连片地生长着。还有牛筋草、伏地草……它们是这“桃之夭夭，灼灼其华”的桃花们最美的绿色陪衬。

小哥俩头上戴着小鸡吉祥物花环（在桃园门口买的，今年是鸡年），臭美滋滋的，在桃树林中尽情玩耍。源宝对这里的一切都感到新奇，拿着自己捡到的一根小树棍到处乱打，热得满头大汗。或者干脆就睡到草地上打滚，这多惬意啊！

我们理想中的桃花源不就是这个样子的吗？孩子们能在这样的美景中享受童年的欢乐，是他们的福，也是我们的福，更是国家的福。希望我们的祖国永远都是美丽的桃花源！

赤膊小萌娃

外婆心得

与其梦想着找到桃花源，不如迈开双脚踏入现实中的桃花园。春天里，桃花处处有，桃花朵朵开。美丽的大自然是我们的桃花源，和谐温馨的家也是我们的桃花源。

2017/4/8

四十、源宝两岁了

此刻,窗外阳光明媚。大雪松挺拔伟岸。新叶松针黄绿,鲜嫩蓬勃,给人以希望。老叶松针墨绿,深沉浑厚,令人心生敬意。香樟树的新叶和老叶也是界限分明的,新叶嫩黄纤弱,老叶油绿厚实。眼见着从几年前的一棵小苗,长成有三层楼高的大树了。

绿色生命在春天呈现的义无反顾勇往直前的生长,带给我们的不仅仅是视觉上的享受,更是激昂的冲锋号。这一轮的冲锋,又是树高一尺,锦绣满园啊!

到 4 月 9 号,源宝整整两周岁了。身高 89 公分,体重 15 公斤,活泼好动。就像窗外的新绿那么精神那么张狂那么不管不顾可着劲地在成长。想想他出生在最美的人间四月天,也是前世修来的福分吧。

两年前的春天,他呱呱坠地,是个需要精心照料的小奶娃。一年前的春天,他蹒跚学步,咿呀学语,混沌初开。现在,这个小家伙本领渐长,像个小孙猴子不把天宫闹个七仰八叉决不罢休。

小孩子天生就捣蛋,都是混世小魔王。早晨,我还没起床,就听哐当一声,抬头一看,源宝把电视柜的抽屉面板直接就拽掉了,正扒拉里面的东西呢。我床头柜的抽屉面板已经被他拽脱落了,只好用透明胶给粘了起来,现在他又把目标对准了电视柜。这个小家伙早睡早起浑身是劲,一大早就开始了翻箱倒柜的活动。可能以为关着的抽屉里有宝物吧。看来,寻宝是人类的天性。现在,我把我所有的"宝贝"都藏起来了,否则全部都要香消玉殒。

小孩子天生会说话,都是小小语言家。前一段时间我们还担心他的语言,这种担心真是多余。人家小嘴哇啦、哇啦的可会说话了。爸爸妈妈喊得脆生生的,大姨姥三个字不费事就喊出来了。曾经那个"姥"字他就是连不上,跟着他妈妈直接喊大姨。爸爸妈妈叫什么也很清楚,高兴了直接就喊他们的名字,很得意呢。有一天,我买了个夏天戴的宽边新帽子,刚戴到头上试试,他脱口而出,牛仔。吓了我一跳,没人教过他啊。想起来了,《熊出没》里光头强扮过牛仔的,牛仔就是戴着一顶翻边的宽檐帽,我的帽子和那有点相像。小家伙的联想思维真敏捷。

小孩子天生爱音乐,都是小小歌唱家。源宝的乐感很强,已经会哼七八首歌曲了。奥运会上的那首《歌唱祖国》是他的最爱。百听不厌,要听着这首歌才肯入眠。其他的儿歌一律不听。他一直能唱到"越过高山、越过平原",后面的还能哼出调调。家里有一面小小的五星红旗,他也特别喜欢,经常拿在手里挥舞。外出游玩,只要看到街头或大厦上的五星红旗就会大叫五星红旗、五星红旗!激动得小脸通红。真是爱国不分大小哦。希望他长大了成为建设祖国的有用人才。

小孩子是天生谋略家,都是小小鬼灵精。我和大姐在家带他,要是大姨姥姥批评他了,他会哭着喊着跑到我这儿来告状,渴望获得我的同情和安慰;我要是给他脸色看了,他又会哭着喊着跑到大姨姥姥那儿寻求保护。周末,外公、爸爸妈妈都在家,那真是他闹人的大好时机。吃饭不好好吃,走路不好好走,有事无事哭三场。他心里明白,这些人都太疼爱他,那就好好撒撒娇。针对这种情况,我们采取了不理睬战术后,情况有所好转。今天早晨他不好好洗脸,大姨姥姥一顿训斥,我也跟着训斥,他看没人帮他,只好乖乖就范。

小孩子天生很自我,都是小小自恋狂。到目前为止,给小家伙拍摄了很多的照片和录像,全部存放在电脑里。每天他都要喊着看贝贝、看贝贝!贝贝就是他的自称,要看自己的录像。大人还没来得及去开电脑,他就已经爬到桌子上熟练地打开电脑了,还拿起鼠标要乱点。真不得了啊!我经常写作开电脑,恐怕是他发现了开关,就这样无师自通会开电脑了。他喜欢看自己形象好的录像,也喜欢看自己玩得开心有趣的录像。这样的要反复看多遍才肯罢休。有一次，我给他看一岁时学走路的录像，那里的他胖头圆脑傻乎乎的，摇摇晃晃跌跌撞撞还拖个鼻涕。结果他大哭起来，坚决不要看。估计这触动了他小小心灵里的伤感吧，小孩子也会伤感的，真有趣。间或也有别的没有他的录像，他坚决不看，嘴里喊着换、换、换贝贝。这有多自恋。现在，我们大人整天在微信里晒照片，吃饭晒，穿衣也晒，有事晒，无事也晒，啥啥都晒。搔首弄姿，装萌卖呆，恐与源宝有异曲同工之妙吧。大人和孩子都是一样的心眼儿呢。

小孩子天生不糊涂，都是小小数学家。对于数字这个比较抽象的概念，源宝到一周十一个月的时候也开窍了。他能很轻松地从一数到十，拿到东西也知道装模作样地乱数一通。现在，开始学习十一、十二了，他不反感，高兴了，会胡乱喊着十七、十八。给他一块饼干，看到袋子里还有就喊着还要，两块、两块。至少，他现在知道两块比一块多。千里之行始于足下，从现在开始成长到青年壮年，我们的孩子里面，会有许许多多的数学家科学家脱颖而出的。

两岁的源宝，浑身充满了成长的能量，如同春天蹭蹭往上蹿的小树苗。跑啊跳啊，唱啊叫啊，吃啊喝啊，玩啊闹啊，除了睡觉，一刻不得闲。我们全家因为源宝的到来，享受到了天伦之乐。

作为外婆，看在眼里喜在心上。特意到著名书法家王家楼老先生家拜访，求得书法一幅：源远流长。此书法笔力遒劲，俊秀挺拔，鲜活灵动，真乃极品。这是极其珍贵且十分有意义的生日礼物，也是对源宝的最好祝福。

此文是为记，表达感恩之心。

外婆心得

清代文学家、史学家赵翼有一首脍炙人口的诗篇：李杜诗篇万口传，至今已觉不新鲜。江山代有才人出，各领风骚数百年。我们这一代已经在缓缓落下帷幕，不必忧伤。我们的下一代正在崛起，下一代的下一代正在成长。而带好孙辈正是落幕前我们的重要工作，也是分内的责任，更是一份享受。

2017/4/12

四十一、我是“妈婆”

现在,源宝25个月大,也就是两周岁零一个月了。曾经很怀疑他的语言能力,现在看来那是瞎操心。小家伙小嘴溜溜着呢,能说长话整句子了,思路非常清晰。

如果他对一件事质疑,会问,怎么回事啊?看到外公躺在床上,他会说外公睡觉呢。想看电视了,会说,把电视打开,看光头强。在厨房看到了蜂蜜罐子就会喊,喝蜂蜜水、喝蜂蜜水。更好玩的是,他差点摔跤或者有点小意外,会很夸张地说,吓死我了!看到电视里光头强和熊大熊二的搞笑镜头,他也跟着大笑。边笑边说,笑死我了、笑死我了!总之,现在我们和源宝沟通,几乎没有障碍了。

不仅如此,他领悟大人的话也是很清楚的。有一天,源宝爸爸下班回来,看到我正跟在源宝屁股后面哄他吃饭,爱吃不吃的样子。和许多老人一样我也舍不得吵他。这下子源宝爸爸发火了，对着源宝一顿斥责，说要饿他两天，也顺带含蓄批评了我们的溺爱行为。大人对话的时候，源宝一声不吭。他爸爸刚转身离去，马上就很顺从地吃饭了，一口接一口吃光一碗饭。还别说，从那天开始，源宝就好好吃饭了。看来，父亲威胁不给他吃饭的话他听懂了，还挺管用的。我想，以后教育这个孩子，尽量把道理说清楚，他一定会明白的。

萌娃和小伙伴马宝

记得他一周岁多，刚学话那会儿，舌头打不过弯儿来，就喊我婆婆，喊他外公公公。婆婆公公好发音，直接就能喊出。后来语言能力增强了，就喊我们外婆、外公。那个清脆响亮，听了真叫人心里麻酥酥的，幸福啊。

两周岁过后，小家伙不喊我婆婆也不喊我外婆，人家创新了个新名词——“妈婆”。他喊我妈婆时，是嗲嗲地拉长了声调喊的。尤其那个“婆”字更是喊出个抛物线音来，悠扬婉转。这腔调，任谁都会被瞬间麻倒的。所以，只要希望我抱他了，希望我亲亲他了，或者想在我身上撒撒娇了，笃定会喊我妈——婆——。结果也一定会令他心满意足。

我们这些祖父祖母级的人物，整天带孩子，貌似和孩子待的时间多，孩子也和我们亲。其实不然，在孩子的心中还是妈妈爸爸最亲。记得前几年我二姐在女儿家带小外孙，累得不得了，疼得不得了。可是，女儿女婿下班回来，小外孙抱住爸爸妈妈不放，亲热不够。宝宝见到爸爸妈妈就不要她了，二姐为此还多少有些失落呢。现在也轮到我了，源宝有什么诉求，以前肯定是大哭着喊外婆，现在不是了，脱口而出就是妈妈、妈妈！尤其是两周岁过后，愈发明显。可见，孩子虽小，心眼可不小，心里明镜似的知道妈妈爸爸最亲。

所以，我认为，源宝喊我妈婆，其实是想喊他妈妈的。可是妈妈又不在，对于这个整天带他的外婆也有近乎妈妈的感情，干脆就合二为一，喊妈婆算了。真是一个小小创新家！孩子的童真可爱以及敏感聪慧，带给了我们无尽的欢乐。

女儿女婿工作都很忙，天天是早出晚归，一整天见不到儿子。但是他们晚上回来之后就尽量和儿子待在一起，带他玩耍。尤其是周末两天基本上是全程陪着儿子。源宝只要看到父母亲在，基本上就不要我们了，就连出去玩耍，坐小推车，他也指定要爸爸推。要是我们去推他，小手直摆，喊着爸爸推、爸爸推！我简直偷着乐呢，不要我推，省了我的劲不说，还说明孩子和爸爸妈妈的亲子关系很健康。

母亲节即将来临。愿天下所有的孩子都有妈妈的疼爱！愿天下所有的母亲都欢乐幸福！

现在，老人帮子女带孩子是普遍现象。工作忙的父母很少有时间和孩子相处。这是一个很大的问题！其实不管工作多忙，当父母的都要抽时间多陪陪孩子。在孩子的幼小心灵里，父母一定是第一位的，谁也不能替代。世上只有妈妈好，有妈的孩子是个宝。我们做祖父母的，那是隔代亲，即使是付出再多的辛劳，也不能有越俎代庖的思想。父母的角色别人根本替代不了。

2017/5/8

四十二、多年祖孙成兄弟

上周六,全家到合肥附近的5A级景区三河古镇游玩。

出发前,大姨姥姥说,周六气温都达摄氏33度了,怕孩子吃不消,大人也受累,她就不去了,带源宝在家。我的先生也就是源宝的外公赶紧说,不怕,不怕,就是要大家带宝宝出去开心乐一乐的,全程由我来带孩子,你们放心玩耍。听了这话,大姨姥姥解除了顾虑,一大家子和朋友们浩浩荡荡出发了。

果不其然,整个行程,我们都很轻松。外公对这个小外孙寸步不离,从一个景点到另一个景点,顶着烈日紧紧地抱着宝宝,满头大汗,气喘吁吁。我要换手他都不干。同去的还有一些文友,我们坐在大收藏家娄安庆的博物馆里喝茶聊天看文物,我姐姐坐在过道里享受着穿堂风,而先生却带着宝宝在一个吊起的月牙船上晃悠呢。外孙兴奋好奇,外公满脸堆笑。这后勤工作做得没话说了。就连吃饭的时候,也是他抱着宝宝亲自喂饭,不让我们插手。这下可乐坏了我和大姐。你想想,平日里周一至周五,就是我和大姐带着这个调皮小子,哪得一刻安闲?现在,能够甩手轻松逛景点,那感觉爽快极了。

汪曾祺有一篇著名的散文《多年父子成兄弟》,记叙了他和父亲以及他和儿子的关系,很温馨感人。他的父亲是个很有成就的人,也是一个很随和的人,对待子女,从无疾言厉色。自己 17 岁初恋,在家写情书,父亲帮着瞎出主意。父亲抽烟喝酒也会给儿子递上一根满上一杯。父亲说"我们这个多年父子成兄弟"。后来到了汪曾祺自己有了儿子当了父亲,他也是这样和儿子相处的。他们家是"没大没小"。他说,作为一个父亲,应该尽量保持一颗童心。

汪曾祺的儿子汪朗,去年我有幸和他在一起吃饭聊天。这是一个温文尔雅的男子,颇有乃父遗风。他说,父亲是一个温和的老头儿!这一句话,就道出了他们的父子关系。

汪曾祺家族是"多年父子成兄弟",令人羡慕。可绝大多数的父亲都是以威严见长,甚至是暴躁,并不懂得作为一个父亲,应该尽量保持一颗童心。

记得女儿小的时候,先生也是很疼爱,下班回来就抱着她在门口溜达,等着我把饭做好。可在大多数时候,他还是很严厉的,更不要说表现出什么柔情。在女儿人生的几个紧要关口,我因为爱女心切不忍心拂了女儿的要求,而先生却脸黑心狠断然拒绝，当时连我都生出了恨他的念头（虽说现在看来都是很正确的决策）。这就是人们常说的，父爱如山吧。可是，严父和慈父对孩子的心理影响是截然不同的。所以，一直以来女儿和我很亲，对爸爸敬而稍远之。

同样，还是在女儿小时候。有一年，我们带她回老家过春节，看到她的爷爷用小推车推着另一位小孙女笑眯眯地四处闲逛。这个小孙女就是爷爷的开心果，无论她是哭是叫是吵是闹，爷爷都不生气，见人就夸他的小孙女聪明可爱。我至今还能记得他抑制不住地喜爱这个小孙女慈祥柔和的眼神。奶奶说，这个老头子，年轻时六个孩子一个都没抱过，现在变了一个人。

现在，先生和他的父亲一样，也从一个严厉的父亲变成另一个慈祥的外公了。是孩子改变了我们，还是岁月修补了人生？抑或二者兼而有之？先生说，是小外孙的到来，唤醒了他心底的柔情，和小外孙在一起，真是说不出的快乐。在这里，我仿佛看到了当年他父亲看小孙女慈爱眼神的模样。历史总是惊人的相似。

当年我们家没有"多年父子成兄弟"的机会。我们那时候，独生子女政策，只有一个女儿，父女关系和父子关系还是大有区别的。现在，有了小外孙，虽说是祖孙，可也是男人和男人之间的关系啊！我相信经过了岁月磨炼的先生会在小外孙身上找到"多年祖孙成兄弟"的感觉。

这感觉更是人生一杯醇香的酒。

外婆心得

时间是把双刃剑。它会让人青春不再,容颜衰老。但,它也会带给你平和的心态,从容的举止和宽厚的情怀。而一份祖孙情更为夕阳西下的晚年,洒上了金色的光环。

2017 /5/16

四十三、我们的六一节

六一是儿童的节日。

家里自从有了源宝，这个节日就格外重要了。

木桐说，好久没有给源宝照相了，六一我们到庐州公园去照相吧。这正是我渴望的呢。

初夏的庐州公园，景色迷人，绿草坪恰似绿地毯，踩在上面软软的松松的，舒服极了。洁白的大滨菊大片盛开着，气势磅礴，令人流连。火红的石榴花盛开在碧绿的树叶中，分外养眼。还有粉花绣线菊、紫玉簪、两色金鸡菊、金娃娃萱草、月见草……太多的花儿在竞相开放。

26个月大的源宝和22个月大的小伙伴马宝，结伴而来。小弟兄俩一来到公园的草坪上就把持不住了，撒开脚丫子你追我赶，在草地上奔跑，留下了一连串咯咯的笑声。木桐捧着她的单反照相机，一会儿东，一会儿西，忽跑，忽蹲，跟在孩子们后面抓拍。边拍边说,真好！真好！

我们是有备而来拍摄的,就多带了几套衣服和玩具小道具。小兄弟俩在换裤子,立时,小屁股小鸡鸡都露出来了,惹得游人哄堂大笑。看到有人笑,小兄弟俩仿佛受到鼓舞,光着屁股又跑起来了,逮都逮不住。这可如何是好！木桐说,这样好,这样好,不要慌着给他们穿裤子,就照几张走光的吧,再大一些就不好照了。想想也是,懵懂的孩童时期,在绿草如茵的公园里,在光天化日之下走走光,也真是乐事趣事一桩呢。就这样,两个小屁孩走光的照片就拍出来啦,越看越好笑。仅此一次,下不为例噢。

公园里有一处长长的木栈道,两边开满了鲜花,在这里取景,那是最好看的了。木桐蹲在较远的地方,示意俩小家伙朝她的镜头慢慢走去,配合拍照。我真担心拍不出来,小孩子哪里肯听话呢。可是眼前的情景说明我的担心是多余的,只见源宝拉着小弟弟的手,甚至还勾肩搭背地朝着木桐走去,边走边笑边做姿势,那真是相当地配合呀！喜得木桐合不拢嘴,抓拍出了令她满意的作品。

其实,两岁大的小宝宝已经相当明事理了。我们以为他们听不明白或者不理解大人的意图,那都是误解。比如给他们照相,心里跟明镜似的。面对镜头做姿势,他们很乐意配合。都知道臭美呢。在草地上奔跑,那是他们太过兴奋的表现。

插播一下源宝的近况。这一个多月来,他的语言和思维能力都有了很大发展，和我们对话很自如了。前几天有人放鞭炮，震天响，要是以前源宝会吓得哇哇大哭，可这一次，人家不仅不哭，等放完鞭炮，他对我说，放鞭炮了，过年了。他怎么知道放鞭炮就是过年呢？朦胧的记忆储存正在一天天被唤醒吧。现在，他能准确说出爸爸妈妈外公外婆的名字。另外，他的胃口也非常好，每天吃饭不用操心了，人家饿了会自己跑来说，饿了，我饿了（知道用第一人称“我”了）。不管是稀饭米饭蛋炒饭，一顿一碗，呼呼下肚，不费劲。老话说，只愁生，不愁长。的确是这样的，孩子生不出来一点没辙。生出来了，不愁长不大。养育源宝最艰难的时期过去了，从今往后，又要面临“成长的烦恼”。

源宝对木桐奶奶的相机非常感兴趣，只要有机会，抓住相机就不放，左看右看。甚至，还学着木桐的样子端着相机看镜头。那个相机很重的，他也不怕重，累得吭哧、吭哧还不松手。这是源宝接触艺术的第一口奶，木桐摄影的姿态一定会在源宝的脑海里留下永不磨灭的印象。如果源宝长大了也爱上了摄影，并取得了一定的成就，那一定和这第一口奶有很大的关系。

这次拍摄，我们邀请了源宝的小玩伴马宝小朋友。这小哥俩非常有缘，在一起玩耍从来不争不吵，和和气气（和别的小朋友多少会发生争抢）。这一段时间，他们几乎每天都结伴出行，杏花公园、黑池坝、琥珀潭，都是他们玩耍的好地方。这一次，又一道留下了童年里最美的照片，也是缘分呐。顺便说一下，马宝小朋友就是我的奶妈尤妈的重孙子，我们两家的情谊已经传递到第四代啦。

我们几个奶奶外婆们，也跟着这小哥俩过了一次儿童节。看着自己的孙辈们这么幸福快乐，我们也觉着这日子过得真有滋味。所以，这个六一节，我称作——我们的六一节。

外婆心得

你上次过六一是什么时候？也许是儿子或女儿小的时候，也许是自己小的时候。总之，那是很久以前的事情了。现在，你有了孙辈，你又有了过六一的资格啦。和宝宝们一道欢度六一，找回童年的欢乐，过一把童趣瘾，快事一桩也。

2017/6/6

四十四、小小心田植根爱

两周岁过后的孩子，一天比一天明白事理，模仿力极强，正是大脑接收新鲜事物的最佳时期。大人的言行举止要特别慎重小心，否则会在孩子幼小的心田上播下不适宜的种子。别看有的孩子两周岁时说话还不利落，可心里明镜似的，不可大意。

上周，也就是源宝刚两岁零两个月大的时候，有一天早晨，我给他穿衣服，只听小宝宝喜笑颜开搂着我说，外婆，我爱你！当时我真的有点傻了，是宝宝对我说的吗？宝宝会说“我爱你”了？再叫他说一遍，可人家害羞又不说了。只是紧紧搂着我很幸福地说了句，好舒服呀！回味过来，我坚信，是宝宝会说“我爱你”了。我把这个消息告诉家里每一个人，家里每一个人都跟着欢欣鼓舞。

要对一个人发自内心说句“我爱你”，那该是感到自己多么幸福快乐和深爱着对方啊！在成年人之间，尤其是热恋中的恋人之间，说句“我爱你”，也不是那么轻而易举的。只有真心相爱激情澎湃之时，才会迸发出神圣的“我爱你”。现在，源宝对我说“我爱你”，一定是他体会到了被爱被呵护的幸福，他想表达他的快乐心情，他用了最神圣的“我爱你”。

隔了一天，我在喂他吃饭，吃着吃着，他又突然冒出一句，外婆，我爱你。说完，又很不好意思地笑了笑。再让他说一遍，他又不干了。这真让我幸福得想哭啊。源宝仅仅只有两岁零两个月大，在他小小的情感世界里，他真的是懂得爱的。因为爱已经潜移默化植根于他小小的心田。

我们这个家庭，算是个大家庭了。我们夫妇，还有女儿女婿，小外孙源宝，外加来带源宝的、先是月嫂育婴师现在是我大姐，一共是六口人长期生活在一起。每天家里都是热热闹闹的，大人之间互相尊重互相理解，有事商量着办，有活大家上。可以说没发生过争吵。彼此之间拿个东西递个碗的都会说声谢谢。

对于源宝的教育，也是轻声慢语说道理为主。从几个月大带他出去玩开始，就叫他和邻居打招呼。虽然他还很小，根本听不懂，可我们也坚持这样做。现在好了，出门见到邻居，会主动老远招呼人家，你好！你好！喜得邻居合不拢嘴，这个小家伙真可爱！到了小区门口，就要朝门岗屋里看，寻找看门的爷爷，见到爷爷一定会说爷爷好、爷爷再见。看门的爷爷也是满脸堆笑乐开了花。

差点漏光噢

在家里,我要是递给他一件他想要的东西,比方说一个玩具,或者一个棒棒糖之类的,他会很有礼貌地说,谢谢！没刻意教他说谢谢,一定是日常家人之间彼此说谢谢,让他记到心里了。要是他坚持要做一件不该做的事情,我们尽量说服他为什么不能做,就当他能听懂。一开始他会反抗哭闹,现在慢慢地好像也明白我们说的道理了,不哭不闹也不坚持了。

对于小宝宝的教育,有人信奉棍棒底下出孝子。尤其是男孩子比较调皮,一定要严厉,要给点颜色看看。是否正确呢？我没带过男孩,刚开始也不知道如何是好。比如,源宝不听话闹人时，忍不住了也会大声呵斥乱发脾气。可是你越是大喊大叫，他哭得越凶，甚至反抗得越凶。真是乱成一锅粥了。后来，我接受教训，自己不发脾气，要求家人对源宝也不要发脾气，以哄骗和讲道理为主。有句老话“老人要请，小孩要哄”。就是说，对于老人，烦劳他们时要尊重邀请，对于小孩，哭闹时要连哄带骗。比如小宝宝要吃西瓜，你说不给吃，天气还凉，那就惹了他了，肯定哭闹。如果大人仍坚持要给小孩子立规矩，不能吃就是不能吃，劈头盖脸一顿打，接下来就是小宝宝更强烈的反抗，效果很不好。好的方法就是要转移他的注意力，比如拿出一支棒棒糖，告诉他，你看猪猪侠都吃棒棒糖了，你也吃一个。小孩子忘性大，立马就转哭为笑，吃起棒棒糖来。久而久之，小宝宝们也就懂得讲道理了。所以，棍棒不是解决问题的好方法。

孩子幼小的心田就是一块纯净的沃土，种什么长什么，种下爱，就长出爱。棍棒底下出孝子真的是老黄历了。我们一定要让爱植根于每一个小宝宝的心田。

2017/6/19

四十五、要上幼儿园小托班啦

自从源宝在幼儿园报上名后，我逢人便讲，源宝九月份开学就要上幼儿园了，咱们就要是幼儿园的小朋友喽！真不好意思，就像当年自己拿到大学录取通知书一样激动呢。

幼儿园是小区里的省一类一级公办幼儿园，口碑极好，是许多家长渴望把孩子送进去的优质幼儿园。早在源宝一岁的时候，有热心邻居就跑来告诉我，赶紧去幼儿园登记排队，到三岁才去报名，黄花菜都凉了。有那么严重吗？我还半信半疑，后来一打听，果然都是说现在上个幼儿园也和报考大学差不多了，尤其是二孩越来越多，幼儿园特别是公办幼儿园资源有限，这方面的矛盾今后更加突出。这才意识到问题的严重性，赶紧去登记排队。好在幼儿园接受了我们的登记，说是等候消息。这一等就是一年多，有一天我手机突然收到消息，通知带孩子前去报名上小托班（两周多还没到三周岁的孩子上的班）。全家人欣喜若狂，总算上幼儿园的事有着落了。

6 月 23 号周五是报名日，我对女儿女婿说，你们得请假带宝宝去报名，从现在起，不要因为工作忙而错过孩子成长的每一个关键时刻，将来你们就会明白父母的陪伴对孩子的心理影响有多重要了。女儿女婿忙不迭点头，表示再忙也要请假带宝宝去报名上幼儿园。态度很不错。

我就清清楚楚地记得女儿当年第一天上幼儿园和第一天上小学时的情景。我们时常回忆那难忘的时刻。女儿说，她还记得第一天上幼儿园，有个小男孩咧着嘴大哭不止，而她自己则安安静静坐在一边不哭不闹。你看，谁说小孩子不记得，现在源宝也和他妈妈当年一样，明白着呢。那天我把女儿放到幼儿园后，也是恋恋不舍，一步三回头。至今说起来也是柔肠百转。

女婿抱着源宝，我和女儿跟在后面。本以为我们来得够早了，谁知进到幼儿园一看，一边已经有许多家长在排队等候领表填写，另一边也有小朋友在排队接受老师的面试了。家长们都很兴奋，小朋友们都很好奇。我想起了安徒生童话里的笨汉汉斯去公主那求婚的热闹场面，排队的人前心贴后心，炉子中的火热得让人喘不过气来。在这初秋时刻，我们也是热血沸腾。

源宝进去后东摸摸西看看，一点也不怯场，后来就乖乖坐在小板凳上排队等候面试。只见漂亮和蔼的女老师拿着一个画有各种水果的画册指着一个图画问前面的小姑娘，这是什么？小姑娘胆小害怕一时答不上来，缓过神后才回答，苹果。接着再问时，又害怕不说了。下面轮到源宝了，老师问小朋友你叫什么名字？源宝一下子也傻了，回答不上来了。接着源宝伸手就要拿老师手里的画册，老师笑眯眯地问，是想认图画吗？源宝点点头。老师就指着上面的图画问这是什么？源宝利索地回答苹果。老师又指着一个图画问这是什么？源宝又利索地回答葡萄。老师看此情景说好吧，我们来认一个难的，在图书上略找一番，指着问这是什么？源宝又利索地回答南瓜。老师好高兴，表扬说真棒！到那边填表去吧！就这样源宝人生的第一场面试通过，还真有点小戏剧性呢。平日里，源宝经常说，我是源宝，我是源宝。生怕别人不知道他叫源宝。现在，面试忘了自己叫源宝，估计当时正一心一意等着老师问他图画呢，突然问他叫什么，懵掉了。哈哈！

小学生们都在教室里坐好了，老师来了，一个一个地问同学们的名字，轮到我了，站起来后怎么也想不起自己叫什么名字了，羞愧、紧张，几乎就要吓哭了。还好，一道报名上学的小伙伴小声说你叫某某某，这时我才清醒过来，回答老师我叫某某某。这是我六岁上小学第一天时的情景，这辈子都不会忘记了，刻骨铭心啊。时光荏苒，几十年过去了，我的小外孙也回答不了老师的提问，忘记自己叫什么名字了，真是冥冥之中的巧合啊。不过，我那时已经六岁了，小外孙才两岁零两个月，实在是难为现在的孩子了。

回到家后，源宝似乎明白了什么，把那些被他撕烂的图画书又捡起来了，坐在那儿盯着看。我又到书店买了一些入园前准备类的小画册让他翻。寓教于乐，潜移默化吧。总不能入了幼儿园，和别的小朋友一比，差了那么一大截，还真不好意思呢。

现在，无论是吃饭方面还是如厕方面，我们都在对源宝进行训练，希望他开学后能很快适应幼儿园的新生活。

外婆心得

宝宝上幼儿园也是人生一件大事。标志着一个新阶段的开始。选择幼儿园，还是以离家较近为首选。这样会避免路途遥远带来的许多潜在危险。三岁的孩子，平安、健康成长最为重要。一味追求高大上并不理智。

2017/7/18

四十六、激情盛夏

今年刚入伏天，气温一下子就升到了摄氏 40 度左右。而且是持续高温，没有丝毫缓和迹象。有一天甚至达到了摄氏 41.1 度，地表温度摄氏 73.2 度，突破了 1959 年的摄氏 41 度，刷新了历史纪录。一大早打开窗子就是热浪滚滚。考验家长们和伢儿们的时刻到来了。

不过，现在的生活条件好了，度夏，或者叫度酷暑，也不是多难的事情。空调 24 小时开着，方法是客厅的大空调白天开，卧室的小空调晚上开。同时门窗紧闭，防止热气进来。每天早晨开窗通风。这样一来，室内就保持了舒适的温度。源宝光着小脚丫在木地板上从里屋跑到外屋，从外屋跑到里屋，任意玩耍。

饮食方面，我们还是坚持每天煮米稀饭。把米油子撇下来放到瓶里。渴了，给他当茶水喝，营养又解渴。饿了，米稀饭就橄榄菜,一吃一大碗。无论何时,这白米粥都是最利于孩子肠胃的。西瓜、葡萄、桃子等应时水果,每天及时供应。小家伙最爱吃西瓜,时常喊着要吃瓜瓜、吃瓜瓜。夏季,西瓜是最好的天然解暑品。正餐也不马虎,汪丫鱼炖豆腐、五花肉烧白干、红烧基围虾、鱼圆子汤、老鸭汤、肉丸子汤、西红柿蛋汤、冬瓜排骨汤,还有他爱啃的卤猪蹄等。每天换着花样给他吃。源宝也给力,吃嘛嘛香,直到小肚子撑得圆圆的,才说不吃了,吃撑了。没承想,这大热天的,源宝还长胖了,沉甸甸的,都抱不动了。

阳光少年

盛夏,虽说酷热难耐,可也是植物们最张狂的时期。小区里有一家小院,美呆了。主人一定是个园艺专家,密密麻麻的枣子挂满枝头,有些泛黄,快熟了;石榴已经红了,又大又圆,令人垂涎;柿子树的树叶下藏着好多青柿子,丰润饱满,只等着红了的那一天。还有花坛里一排排的麦冬开着紫色的小碎花,羞涩含蓄;紫薇花都开疯了,躺在蓝天的怀抱里,俏丽翩然。植物们啊,该开花的开花,该结果的结果,没有谁抱怨天气太热了。也只有炎热的天气,才能有这么丰盈的景象。

源宝也是一棵小树苗,也要经过严冬和酷暑的考验才能长大。老话说,小毛伢儿只有经过三冬四夏,才能壮实起来。可不嘛,源宝现在正经历他人生的第三个夏天。身体越来越壮实,大脑也在一点点开窍,语言进入了流利期。

他要看百看不厌的动画片《熊出没》和《熊熊乐园》,他是光头强和熊大熊二的忠实小粉丝。他还要唱歌跳舞,只唱两首歌《小苹果》和《小水果》。伴着这两首节奏感强烈的欢快音乐,他拼命扭动着小屁股或下劲地跺脚,一只手拿着玩具小话筒,另一只手指向天花板,闭着眼扯着嗓子大声嚎叫,那个爽劲!只要有音乐,具体说就是这两首歌的音乐,源宝就抛弃了一切烦恼(虽说他还不知道什么是烦恼),快乐得像天空中自由飞翔的小鸟。

源宝经常会给我们小惊喜,比如,我剥葡萄皮一粒一粒喂他,他会给我一个感激的微笑:外婆,谢谢你!葡萄真好吃。小嘴比那葡萄还甜。他还会对下班回来的爸爸妈妈说：爸爸妈妈上班辛苦了，爸爸妈妈上班挣钱。他也会给自己打气，在做一件什么事情的过程中，会不断自言自语重复：大功告成、大功告成。他能明白什么是大功告成吗？但我觉得他很喜欢这句话。

昨天，拿着他妈妈的手机，做个扫描的姿势，说，扫二维码、扫二维码。我的手机则是他的歌曲播放器，要是想听《小苹果》和《小水果》了，他会翘着小手指在手机屏幕上划来划去，迅速准确找到歌曲。现在，我看到他过来了，立刻就把手机藏起来，不然，他又纠缠着要播放《小苹果》《小水果》。我都烦了，他还没烦。我快受不了了。

跟着小源宝，我们感受到了一个激情四射的盛夏。

夏天也是如此美好。

外婆心得

夏季酷暑难耐。但夏季也令人期待。有不断新鲜上市的瓜果，有暑期的各种娱乐活动，还有远方的召唤。小宝宝们不介意汗流浃背，在夏季快速生长着、发育着。等秋天一到，你会惊喜发现，宝宝长高了、长大了。又是一番新气象。

2017/7/31

四十七、懂得有礼貌会说对不起

自从源宝牙牙学语起，我们就十分注意礼貌用语的灌输。比如说，谢谢、你好、爸爸妈妈辛苦了等等。要是我们不小心碰了他的小胳膊小腿什么的，就会对他说，对不起、对不起！同时也教他回答我们，没关系。

前面一些普通的礼貌用语，源宝已经运用得很娴熟啦。比如，爸爸妈妈下班回来了，他会很兴奋地迎接在门口，还会说，爸爸妈妈上班班辛苦、挣钱。他还会加上挣钱俩字。强调爸爸妈妈上班的重要性。乐得爸爸妈妈把一天上班的劳累，都丢到爪哇国里去啦。有时候为了哄我高兴，会在我喂他吃饭或者帮他穿衣服时，深情地望着我说，外婆辛苦了、外婆我爱你、我爱你！他可以连说三四遍我爱你。面对这样的甜心小宝宝，你就是再累再烦，也一样是丢到爪哇国里啦。

前天早晨我坐在旁边看着他自己吃饭，小家伙乱动不老实,小手一划拉把碗里的米饭弄洒了。我很生气,拿起他的小手就打(象征性),边打边训斥,吃饭就要有个吃饭的样子,马上就要上幼儿园了,这个样子怎么能行? 对于源宝要上幼儿园这件事,我们都很重视,毕竟要自己吃饭自己嘘嘘(上厕所),这一切都要事先练习好才行。源宝看我真的生气了,还打了他小手,不但没哭,反而用两只小眼可怜巴巴地望着我,连说,对不起、对不起! 坐在一旁的大姨姥姥见孩子都这样说了,心软了,连忙说没关系、没关系。可我还是没吐口说没关系。见我沉着脸,他又说了声对不起,外婆! 这时,我才说,没关系,下次可不能这样吃饭了。小家伙点点头,嗯! 声音很响亮、很诚恳。看来是真的认识到错了。

其实,在源宝说对不起的时候,我心里就窃喜了。终于在他两岁零四个月的时候,知道说对不起了,而且用得是恰到好处。这说明,小孩子逐渐成长的过程也是慢慢懂道理懂礼貌的过程。要让孩子明白,自己做错了,就应该承认错误,而且要改正错误。一味地迁就放纵或溺爱,就会错过孩子优秀品格最佳的形成期。

自从源宝会说对不起后,他真的知道在什么时候说这句话。自己犯了错误后,会马上说对不起,我们要是也犯错误了,他还会替我们说对不起,接着再说一句没关系。昨晚,他妈妈下班回来给他带了许多精美的儿童读物。源宝兴奋地翻看,书的纸张太好,边缘比较锋利,结果把小手拉了个口子。他妈妈自责没看好孩子,源宝就替妈妈说,对不起。又为自己说，没关系。看来，他对这句话还蛮喜欢的。因为，这句话说过后，原来紧张的气氛都会变得很融洽。他很享受这融洽的气氛。

近期很火爆的两本书《人类简史》和《未来简史》，是由以色列青年作家尤瓦尔·赫拉利所著。他在《人类简史》中提出了这样的论点：人类跃居食物链顶端的原因是合作，可以合作的原因是因为人类的语言，人类语言的独特之处，在于可以虚构，比如讲故事、宗教等。而动物也有语言，只能发出简单的信息。可见语言在人类进化中有多么重要。

这两天，我在前面走，源宝跟在后面跑。边跑边喊，等等俺，等等俺。一开始我都没听明白他喊的什么，仔细再听就是等等俺。我们自己没说过类似的话，也没教他说过这话啊？一头雾水。噢，想起来了，动画片《熊出没》里，熊大和熊二常说这话。再问源宝，怎么会说等等俺？他结结巴巴回答，那个熊大熊二……看看，现在的孩子学习语言的渠道多了去了，哪天他突然冒出个什么网络语言，也不足为奇。作为家长，这方面的动向还是要时刻把握。一定要保证孩子初学语言的纯洁性和准确性。

外婆心得

一个人的婴幼儿时期，和人类发展初期一样，语言也是起着关键性的作用。宝宝会说话了，就标志着他(她)脱离了婴儿期,进入到幼儿期了。此时,宝宝的沟通、交流能力大大增强,知识快速增长,品行初见端倪。所以,这个时候家长特别要注意自己的言行,榜样的力量是无穷的。

2017/8/23

四十八、入园序曲

序曲一:家长会

有多少年没开过家长会了?这还真要仔细算算呢。当然了,我初为人母的第一次家长会,那是 1987 年的事情了,整整三十年了。光阴似箭,岁月奔腾。现在,我又要去开家长会了,那心情特激动,那感觉特幸福,那笑容特灿烂。

2017 年 8 月 26 日,我和女儿来到了灵童幼儿园,多么好听的名字,多么新鲜、美好。这是源宝即将入园的地方。家长们在九点之前都准时来到了开会的地方,安静地坐在小宝宝们坐的小椅子上,仿佛自己就是一位小孩童,莫名的兴奋。

徐园长来了,她是那么优雅大方美丽知性,一出场就吸引了我们的目光,一说话就抓住了每一位家长的心。

园长用事先准备好的 PPT,在大屏幕上图文并茂地讲解了入园须知和幼儿园的教学内容,还有幼儿园的教学特点等等。让我们家长特别期待。她还把新生班级的老师们一一介绍给了大家。真是一群美丽的天使哦!

家长会使我知道,我们的这个幼儿园是省一类一级公办幼儿园,各项设备完全按照这个标准设置。徐园长不仅是资深幼儿园园长、优秀的教育工作者,还是省三八红旗手(还有其他许多荣誉我记不得了),这真让人肃然起敬。教师们也在各种专业技能比赛中多次获奖。这样的园长和她领导的优秀团队,是让家长放心的团队,孩子们有福了,很幸运。

家长会开了一个多小时,园长尽心尽责,讲到了每一个细节。这让家长们高兴之余的那颗忐忑不安的心,终于落下来了。

序曲二:体检

在早先发的《家长须知》中,明确说了,入园要携带《体检合格表》和《计划免疫补种接种通知单》。家长会上园长也特别强调了这个事情。

源宝有医院恐惧症,每次去接种或例行检查身体,都哭得昏天黑地,一个大厅就看他哭闹挣扎,搞得我们都不好意思了。所以,他的体检还没去办,我们也弄得有恐惧症了。得赶紧去。

去之前，我买了他最喜欢吃的健达奇趣蛋，准备在他大闹时塞给他。哇，妇幼保健站里人头攒动，大人孩子挤作一团。我们前面还有 27 人，那就耐心等待吧。

刚进去时，源宝还干号了几声，一看有那么多小朋友在叽叽喳喳，跑跑跳跳，好不热闹，一激动也跟着大家玩起来了。一会儿爬爬楼梯，一会儿看鱼缸里游泳的金鱼，一会儿又试图去摸摸别的小朋友手里的充气玩具，心情不错。

终于轮到我们了，医生喊 109 号、109 号。我们很紧张地进去了，本以为源宝要哭闹，谁知根本不是想象的那样，他非常配合不说，当医生用听诊器听他胸口时，还一个劲对着医生阿姨笑，当检查耳朵时，他已经张开大口啊、啊、啊了。惹得医生阿姨也笑了。检查眼睛时，小朋友要坐在医生对面的小板凳上，源宝就站在小板凳后面等，当前面小朋友起身离开后，他一屁股就坐上去了，要医生给他检查。医生说，是到你了吗？我赶紧说，没到，咱们快起来。终于轮到我们了，源宝配合过了头，又是挤眉弄眼，又是张嘴啊啊，医生都觉得好笑。你瞧瞧，这咋就和原先判若两人了呢？

我们窃喜他没哭闹。验血化验，还是逃不掉的，又有点担心。当针刺破源宝手指时，人家也没怎么大哭。我又及时把健达奇趣蛋递了上去，转眼破涕为笑了。好吃的东西就是有魔力。

至此，检查身体圆满结束。大出所料，意外惊喜。孩子们真的在一天天成长，在不断变化之中。

预防接种的证明直接到接种点开就行了(只要是按部就班全部接种了),不复杂。两个入园需要的表格都准备好了,大大松了一口气。

序曲三:参观幼儿园

在家长会上,徐园长就说了,到8月29号上午,可以带宝宝到幼儿园参观参观,到自己的班级熟悉熟悉环境。想得真周到!

由于我们先是去检查身体的,回来后就赶紧去了幼儿园。此时参观访问已接近尾声,小托一班里只剩下四位美丽的老师了。她们是李老师、徐老师、张老师和王老师。

小托一班窗明几净,布置得很漂亮,许多玩具整齐摆放在桌子上,像个小乐园。每一个孩子都有一个带有自己名字的小抽屉,还有一个小动物形象。也是的,这些小托班的宝宝们还不认得字呢,循着这个特别小动物,孩子们就能准确找到自己的小抽屉。源宝的是只可爱的小企鹅。老师们正在给孩子们制作胸牌,到时候就可以很清楚地辨识谁是谁了。老师们为了迎接孩子们的到来,做了多么细致入微的工作。源宝一到这里就非常快乐,尤其是老师们亲切的微笑,更让他放松。

见到这么多玩具,源宝特别欣喜,一会儿玩玩这个,一会儿玩玩那个。老师说,玩具玩过后要把它们放回自己的家。

源宝就乖乖地把玩具放回原位，比在家里听话多了。还是幼儿园好，有老师的教育，孩子会更加懂礼貌懂道理的。玩好了，源宝就开始唱歌跳舞，没有别的，就是那首《小苹果》，又是跺脚又是扭屁股又是指星星，同时还要哼唱，累得直喘大气。看来，对于这个新环境，源宝也不会陌生了，尽情地唱尽情地跳吧。

当我们说要回家了的时候，源宝还恋恋不舍。是啊，这么美好的环境，这么和蔼可亲的老师，孩子们纯净的心是能够灵敏感知的。孩子喜欢这里，真是一个好兆头，真是一个好开端！以后，我们听到的就是幼儿园奏鸣曲啦，那一定更热闹更欢快。

祝福所有新入园的宝宝们，祝你们的人生从此一帆风顺、快快乐乐！感谢辛勤耕耘在幼儿园地的老师们！

外婆心得

宝宝上幼儿园是一个家庭重要的事情，标志着宝宝迈着逐渐稳定的步伐，向社会跨出关键性的一小步了。人的成长从来都不可能是自我的和封闭的。从入园开始，宝宝们要学会和别的小朋友相处，还要懂得自己照顾自己，要学会“自力更生，丰衣足食”。好在有老师的关爱，这一切都会慢慢学会和适应的。

2017/8/31

四十九、入园交响曲

家长会过后，我们急切盼望着 9 月 4 号的到来。

这一天是新生入园的日子。源宝就要开启他人生的新篇章啦。我们一家子就像要进京赶考似的，激动又兴奋，早早就起床了。源宝也很兴奋，人越多他越来劲。今天爸爸妈妈都在家，他特别喜欢爸爸妈妈在家的感觉。给源宝穿戴整齐，背上装有换洗衣服的小书包，八点钟准时出发。

木桐一直跟随拍摄源宝的成长过程，在每一个关键时刻，都为他拍下了珍贵的留影。这次也不例外。早早开车从家赶过来了，要为源宝拍照留念。

天空下着细雨，空气潮湿又凉爽，比起不久之前的酷暑燥热，这样的天气真令人舒服。浩浩荡荡啊，爸爸妈妈、外公外婆，还有木桐奶奶，陪着源宝朝幼儿园进发。走在初秋舒爽的凉意中，带着源宝第一次入园，难以掩抑喜悦的心情。

幼儿园门口挤满了人。你想想，我们家一个孩子来了五个大人，别人家的孩子，也不会少的。人生的第一次，太有纪念意义了。从嗷嗷待哺，到蹒跚学步，再到咿呀学语。这中间经历了多少个不眠之夜和费心操劳。好不容易熬到上幼儿园小托班了，虽说只是半天的托班，家长们都想偷偷笑呢——虽说不是偷得浮生半日闲，但总算可以喘半天的气啦！

四位老师早就做好了迎接新生的准备。她们微笑着迎接每一位孩子。有的孩子见到了老师很欢喜，尤其是源宝，主动就从外公的怀里下来，跑去玩耍了。有的孩子则害怕新环境，哭着闹着要回家不愿意留下来。这时候，老师们就主动抱起哭闹的孩子，让家长们赶快走，不要犹豫。不一会儿，教室里已经是哭声一片了。只见老师们怀里抱一个，手里还拉一个。哄过这个再去哄那个。汗水都把头发打湿了。但她们始终给孩子们的是微笑和蔼的面容，没有表现出任何不耐烦。我很感动，孩子们遇到了好老师。幼儿教育工作，真是崇高伟大又辛苦。

中午十一点半是接孩子的时间，此时孩子们已经吃过午饭了。这是他们第一次离开父母家长在外面自己吃饭。这对于不到三周岁小托班的孩子们来说，也是艰难突破。老师说，源宝把午饭全吃光了，啃了鸡腿，喝了汤。这实在令人惊讶。在家里吃饭，他大部分时间都是要喂的，即使用心教他自己吃饭，可他还是不太会自己吃。现在，好了，会自己吃饭了。幼儿园真是个好地方！可有的孩子，一口饭都没吃。有的孩子一直哭哭啼啼。着实令人心疼。接孩子时，又是哭声一片，童声交响曲回荡在幼儿园的上空。老师说，这都是新入园孩子的正常状态，家长们不能心软不送孩子来上幼儿园了，还要坚持送。

庆幸源宝入园第一天吃得饱玩得好，还没有哭。我们全家人小小得意了一把。不过，得意得太早了。

第二天，正常入园。源宝送和接都没有哭。其他孩子仍旧有哭哭闹闹、伤心欲绝的。幼儿园里还是哭声一片。童声交响曲继续回荡在幼儿园的上空。

到了第三天，源宝似乎反应了过来，开始哭闹，坚决不肯去幼儿园了。我们遵从老师的指示，要狠下心来，坚持送他去幼儿园，不能半途而废。送到老师那里后，无论源宝怎样挣扎哭喊，我扭头就走，不敢有丝毫的犹豫。回到家里，心里也很难过。成长的烦恼，成长的快乐，酸甜苦辣，这就是人生吧。

班里建立了家长微信群，老师们忙碌过后，会把孩子们游玩、吃饭、唱歌、跳舞、做游戏的情景发给家长们看的。我们看到的都是孩子们活泼欢快做游戏的场面。其实，在家长们走后，孩子们很快就停止了哭泣，该玩的玩，该蹦的蹦，该跳的跳。不是家长们想象的那么不得了的样子。有一次，我送源宝，交接给老师时，他哭得声嘶力竭。我刚走出教室和另一位家长讲了两句话，再回头看他时，人家已经在那里蹦蹦跳跳了。这些孩子啊,人小鬼大,天生懂得心理学,抓住了家长的软肋,以哭相威胁。威胁不成,也就只好顺应形势,既来之则安之了。

在今天,也就是入园的第七天,源宝突然不哭了。早晨吃过早饭,我送他入园,一进园内,伸出小手,张开小嘴,主动配合检查卫生。进教室后接受了老师的抱抱,还开心挥手和我说再见。

听了一个多星期的入园交响曲,还真热闹非凡呢。马上就要听不到了。正如老师们所说,孩子们都要过这入园第一关的,少则三五天,多则十天半个月,都会转入正常。到那时候,家长来接,都还不想走呢。

外婆心得

孩子入园前期都会哭闹的。持续的时间大概一周左右。此后就适应幼儿园的新生活了。也有个别哭闹较久的,最终也还是要适应新环境。家长们千万不要心疼心软。熬过这个阵痛期,前面就是一马平川了。

2017/9/12

五十、第一次闯祸

在度过了最初的新奇和焦虑期后(一周半时间),源宝就开始喜欢上幼儿园了。这让我们悬着的心总算放了下来。真怕他闹腾一个月两个月,甚至一学期的,那就折磨死人了。听老师说,就有极个别孩子闹了一学期。

有天早晨,我给源宝穿戴整齐,喂好饭后,他拉着我就朝门外走,边走边说,我们上幼儿园、我们上幼儿园去吧。那迫切的神情,让人不敢相信,就在头一天他还哭哭啼啼不愿意去幼儿园呢。真是求之不得!赶紧的,我抱着他就往幼儿园走,心里别提有多得意了。从此后,上幼儿园的事就不是事了,几乎每天都是高高兴兴入园去。

就这样,高兴了没几天,我正在外面游玩,突然接到了老师的电话。老师说话的声音有点急促,我有了不祥的预感,发生了什么事情呢?老师说,源宝吃过午饭后,在等待家长来接的当口，把一位小朋友给咬了。咬破了没有？我焦急地问。老师说，没咬破，有个印痕，用自来水及时冲洗后就消失了。听到这，我松了口气。要是咬破了，那可怎么得了，要及时打破伤风针不说，人家孩子还要受罪。老师又说，那个孩子平时很老实，是个乖乖宝，应该不会主动招惹源宝的，至于为什么咬了他，现在也说不清了。我说，不管怎么说，人家孩子被咱孩子咬了，就是咱的不是，是要道歉的。老师说，就在班里微信群道个歉吧。我说，好。赶紧就写了诚恳的道歉信发到了微信群里。很快对方孩子的妈妈就回话了，对我的道歉也还接受，但是也表达了诸多的不快和担忧。看此情形，我又一次道歉，接着源宝妈妈也出来表示道歉。一场风波，总算平息。

不知道这小子还有这能耐啊，会咬人，跟谁学的？想起了电影《小兵张嘎》。小嘎子和小胖墩比赛摔跤，嘎子摔不过胖墩，气急败坏，直接就在人家肩膀上咬了一口，分明赖皮。源宝也这样赖皮？真想把他好好训斥一顿。可老师特别交代，回家不要过分训斥孩子，两岁多一点的宝宝大脑发育还不成熟，好多东西还不懂，兴许就是高兴咬了小伙伴一口，兴许打闹咬着玩等。这种事情在小托班和小班是常见的，到了中班和大班几乎就不会发生了。过分斥责会导致孩子有心理阴影。只要提醒他以后不要咬小朋友了，人家疼，咬人不好，就可以了。好吧，听老师的，找个合适机会再说道。

老师说，当时也教育了源宝，要他跟小朋友道歉。源宝昂着小脸，哭笑不得的模样，很尴尬很紧张很害怕地看着老师，说了声对不起。看来知道自己闯祸了，等到外公来接的时候，哇的一声就大哭起来。外公见此情景抱着就走，当时接孩子的家长很多，乱哄哄的，得赶紧离开。这也导致外公没有和那个小朋友的家长当面道歉，没能及时处理此事。幸亏老师及时疏导，才没引起更严重的后果。

殊不知，现在的孩子都是家里的宝。常有家长为了孩子大打出手。本来小事一桩，因为家长的不理智参与而导致严重后果的事例屡见不鲜。我们当然不希望发生这样的事情。

我们全家针对源宝咬人事件认真进行了反思。仔细回忆他是否有过攻击性行为。细想起来还真有，只是当时没在意而已。比如，刚会走路的时候，有一次在外面玩，有个三四岁的大姐姐抢他手中游戏机的方向盘，他抢不过姐姐，毫不示弱上去就咬人家的胳膊（这个和小兵张嘎很像），只因个头太小没构成威胁。还有，他在妈妈怀里玩的时候，高兴起来，有时候会逮着妈妈的胳膊轻轻咬一下，咬过了会咯咯直笑。原来，源宝咬小朋友不是没有原因的，是他表达感情的一种方式，愤怒了，他想咬人；快乐了，他也想咬人。小猫小狗好像也是这样的，一窝小猫小狗在那玩耍，咬作一团。人类的幼童期，和小猫小狗真相像呢。推算一下，他那天咬小朋友是愤怒还是快乐呢？我以为是快乐。老师说了，那天小朋友都吃过午饭了，集中坐在一个角落里，嘻嘻哈哈，叽叽喳喳，嬉笑打闹，等待着家长来接。这是他们最快乐的时候。源宝一时兴起,嬉笑打闹中,结果旁边的小朋友就遭殃了,本来胆子就小,不号啕大哭才怪呢。谁家家长见了也会心疼自己孩子的。非常理解。

我趁给他洗澡(洗澡时特别高兴)的时候,轻声问源宝,咬小朋友了没有?源宝很茫然地看着我,回答不上来。也难怪,此事已经过去两三天了,孩子的心清澈明净,哪装有这么多负担噢。我接着又说,以后不要咬别的小朋友了好不好?人家疼!源宝点点头。

后来,我看到源宝和那个被他咬过的小男孩一道玩得好开心。他们早就把这茬事忘干净啦。在这一点上,复杂的成人们真要好好向他们学习。

外婆心得

孩子闯祸是正常事件,家长及时正确处理最重要。伤害方的家长一定不能护短,要及时道歉,协助老师善后。被伤害方的家长在没有大碍的情况下,也要接受对方的道歉,不能揪住不放。因为,在未来的几年当中,谁都不能保证自己的孩子不会闯祸。都揪住不放,那还得了。理解宽容和包容最重要。

2017/9/28

五十一、背唐诗

先生很郑重地对我说，源宝马上两岁半了，得教他学习些唐诗之类的了，这一下警醒了我。潜意识里，我是不想让宝宝过早去学习什么而失去了童稚的欢乐。可是，小孩子三岁左右是接受新事物新知识的最佳年龄，寓教于乐，潜移默化，事半功倍。家长们要有这个意识。

关于早教的书，早买了一大摞。都还在那睡大觉。找出了一本好宝贝启蒙乐园《经典唐诗》，翻开第一页就是骆宾王的《咏鹅》：鹅，鹅，鹅，曲项向天歌。白毛浮绿水，红掌拨清波。还配有七只姿态各异红顶红嘴的大白鹅在绿水中嬉戏，甚是有趣。那就从这一首开始吧。本来想让他从读李白《静夜思》开始的，因为我脑海中蹦出的第一首唐诗就是：床前明月光，疑是地上霜。举头望明月，低头思故乡。上千年来，妇孺皆知，朗朗上口。

拿出小书让源宝看鹅,漂亮的小鹅一下子就吸引了他的目光。趁着高兴劲,我就大声朗诵:鹅,鹅,鹅……源宝根本不跟我读,还是饶有兴致地看鹅。好吧,不跟我读,能听进去也行(或许就听进去了呢)。到了晚上睡觉之前,我又把书拿了出来,还是大声朗诵鹅、鹅、鹅!我朗诵一遍,外公朗诵一遍,下班回来的爸爸妈妈也跟着朗诵一遍。这真是全家一片诵鹅声。到了第二天,我还是想着《静夜思》,就朗诵给源宝听。结果小家伙开口了,外婆,还是鹅、鹅、鹅吧。我说,你喜欢鹅,那就朗诵一遍给外婆听好吗?只见他张开小口,一字不差,大声流利地背诵下来了。试验成功啦。学习的氛围太重要啦!这说明孩子不开口,不等于没听进去,小脑瓜记着呢。

乘胜追击,扩大战果。我继续读《静夜思》,可是源宝还是不买账。小孩的心思和大人的心思真不一样啊!那就改一首,朗诵王之涣的《登鹳雀楼》:白日依山尽,黄河入海流。欲穷千里目,更上一层楼。这首诗是有画面感的,而且是很美的意境,似乎源宝能感受些许。白日、黄河、一层楼,这些词语很具体,小朋友容易理解和联想。源宝一下子就喜欢上这首诗了。学这首诗时,我们朗诵,他时而也跟着朗诵,读到更上一层楼时,他特别激动,声音都提高了八度。这首诗他背诵得特别流利,甚至还有点韵味了。晚上嚷嚷"白日依山尽"呢?"白日依山尽"呢?要搂着"白日依山尽"睡觉。我只好把书给他搂着在胸前,睡着了再拿掉。连续几天都是如

看书的萌娃

此。后来我告诉他这是王之涣的《登鹳雀楼》，他也记住了。有一次我说，朗诵一下《登鹳雀楼》吧。小家伙马上说王之涣、王之涣。他的意思是我没有说全，应该是王之涣的《登鹳雀楼》。战果在扩大。

第三首诗是孟浩然的《春晓》：春眠不觉晓，处处闻啼鸟。夜来风雨声，花落知多少。同样，我们也是在家里反复大声朗诵，并不要求他跟着学。很快，他就会背了。源宝特别喜欢这首诗，学的时候很喜悦，仿佛感受到了春天的温暖和鸟语花香。自从学会这首诗后，我们再叫他朗诵前两首诗歌，他马上就说，春晓、春晓，摇头晃脑地就诵读起“春眠不觉晓”来。这样的成果，真是没有想到。中国人骨子里就有唐诗情结，尽早开发，更能显示出唐诗的无穷魅力。

我还是念念不忘《静夜思》。第四首也该轮到学习《静夜思》了。这一次，源宝没反对，很顺利地就能背诵下来，只是和前三首相比，这一首诗他背诵最少。是否是他本能地就不喜欢这种孤独异乡客思念远方家乡的乡愁情绪呢？我们都认为两岁半、甚至更小的小宝宝不能领会复杂的情感，事实并不是这样的。曾经就看到几个月大的宝宝看电视被剧情感动得眼泪哗哗流的画面，也看到有个小宝宝听到姨妈哼唱他去世的妈妈唱过的歌曲，在那撇嘴哭泣的画面。所以，我们不能忽视了婴幼儿的微妙情感，也不能低估了他们的理解力。

就这样，源宝在愉快的氛围中，在没有任何压力的情况下已经学会至少四首唐诗了。

唐诗是中华文化的璀璨明珠，至今高居诗歌的巅峰未被超越。从娃娃抓起，学习唐诗，学习国学，任重而道远。营造氛围，寓教于乐，培养良好的学习习惯和对中华文化的热爱，可能是幼儿启蒙的最好方式和主要目的。

2017/10/27

五十二、初冬就觉寒意浓

立冬过后，天气骤变。小心又小心，两岁零七个月的源宝还是感冒了。虽说及时就医，可病程仍持续了三周。其间发高烧、流鼻涕、呕吐、咳嗽，一样都没少。今天吃这个药，明天吃那个药，一吃就是好几样。看着孩子病痛加吃药受罪的样子，大人的心都碎了，情绪糟糕透顶。

就在这时，网上爆出某私立高端幼儿园的虐童事件。惊讶、愤怒、伤心、揪心、焦虑、怜爱……简直不知道说什么好了。

我们家源宝就是患个感冒，家里人都心疼得不得了。那些个被虐待的孩子，哪个不是家里的宝！谁能受得了这样的恐吓和刺激？家长们是什么心情，我完全能够体会。

一个家庭的未来是孩子，一个国家的未来也是孩子。少年强则中国强。1900 年 2 月，梁启超先生写了《少年中国说》，摘录一段：“故今日之责任，不在他人，而全在我少年。

少年智则国智,少年富则国富,少年强则国强,少年独立则国独立,少年自由则国自由,少年进步则国进步,少年胜于欧洲,则国胜于欧洲,少年雄于地球,则国雄于地球。红日初升,其道大光;河出伏流,一泻汪洋;潜龙腾渊,鳞爪飞扬;乳虎啸谷,百兽震惶;鹰隼试翼,风尘翕张;奇花初胎,矞矞皇皇;干将发硎,有作其芒;天戴其苍,地履其黄;纵有千古,横有八荒;前途似海,来日方长。美哉,我少年中国,与天不老!壮哉,我中国少年,与国无疆!”先生的拳拳之心溢于言表,先生的殷切渴望令人动容。

一百多年过去了,我们的民族历经沧桑受尽磨难后,正在大国崛起走向辉煌。人民的生活开始富裕,一部分收入较高的父母花高价送孩子到光鲜排场的私立高端幼儿园接受“高端教育”,是怀着一颗“望子成龙”“要给孩子一个最好的教育”的心!这本身无可厚非。结果呢?某私立高端幼儿园却利用了天下父母都有的舐犊之情,干出了泯灭人性的勾当。这让怀着善良美好愿望的天下父母情何以堪?令人绝望!

梁启超先生地下有知,你所渴望的“少年强则中国强”的盛世景象,还需多少人呕心沥血胼手胝足孜孜以求才能实现啊!

回过头再来说说我的小外孙源宝,因为,他已经是幼儿园小托班的一名小朋友了。

生病的三个星期,中断了上幼儿园。可是,只要源宝精神稍好一些,就会昂着小脸带着渴望的神情问我,外婆,我们上幼儿园吧？我说，宝宝还咳嗽，去幼儿园会传染给别的小朋友。他马上就明白了，噢，不能去。失落的神情写在脸上。本周一，当我们决定送他上幼儿园时，你看他欢喜的模样，简直是迫不及待了。刚吃过早饭，主动要求穿鞋子穿衣服拿入园卡，走吧、走吧，上幼儿园去吧，不然要迟到了。声声催促。

源宝非常喜欢上幼儿园，非常喜欢他的几位老师。这是他的幸运，也是我们的幸运。

小托班的孩子们（右一源宝）

记得刚入园的第一个星期，孩子们太小还不适应陌生环境，四位老师像妈妈一样，以极大的耐心和爱心呵护这些哭闹的孩子们。柔声细语，笑脸相迎，抱着搂着哄着。一周过后，这些孩子渐渐适应了新环境。再过一周，孩子们就喊着要上幼儿园啦。接送孩子时家长们碰到一起也会交流心得，一致认为宝宝们都喜欢上幼儿园。试想，如果老师们有些微的不耐烦或者是给脸色看（不要说虐待了），没染尘埃的纯净的小心灵是根本不会喜欢去幼儿园，也会害怕这些老师的。

某私立高端幼儿园事件发生后，源宝的老师们及时在班级微信群里发表了热爱幼儿教育认真做好本职工作爱护好孩子的帖子，让家长们放心。我想对老师们说，事实证明你们做得很好，不用说我们都知道。看着宝宝们每天那么快乐地去幼儿园，又咿呀哼着刚学的儿歌回家的神情，做家长的感到好幸福。源宝幼儿园的老师们，感谢你们的辛勤劳动和对孩子们满满的爱！

这个世界还是好人多，中国的幼儿园绝大多数也都是孩子们的乐园。如果坏人占了大多数，人类离灭绝也不远了。

这个初冬寒意浓，大家都要准备好御寒的衣服，千万不要被冻伤了。

百十年前，鲁迅先生在那里悲号：救救孩子……百十年后，还要我们发出“救救孩子……”的呼声吗？不能，坚决不能！害孩子就是害我们自己，害孩子就是害我们的未来，害孩子就是自寻灭亡。对于唯利是图戕害孩子的行为，国家必须要加以重拳，坚决打击，彻底清理。保住我们的根。

2017/11/29

五十三、外公的退休生活

老公忙乎了一辈子。就连最后两年退居二线，人家也是每天照常上班，兴冲冲不亦乐乎。

我就想，这要是退休了，一下子闷在家里，还不知道要闹腾出什么事情来。常听说某某领导退下来耐不住寂寞召集全家人开会；也有内心青春的老男人喜欢跳舞，跳出了什么花边新闻；还有知识渊博技艺高超的发挥余热到外面兼职，惹出了事端……更多的人则是在家里心情烦躁坐卧不安。

我们的家庭模式和大多中国家庭一样，男主外女主内。老公一辈子不怎么过问家务事，当然对生活也没有高要求，有饭吃就行，有衣穿就好。只要不让他做家务，什么都好商量。所以，这些年来家庭生活倒还相安无事。可是，眼见着退休了，一个大活人在家里啥事也不干，那还不纠结死了。何况小外孙才两岁多，家里不知道添了多少乱，再来一个老外公四体不勤跷着二郎腿读书看报,我可怎么活呀!? 想想都害怕。

这一天终于到来了。2017 年 8 月份,老公结束了他勤勤恳恳波澜不惊的职业生涯,退休赋闲在家了。

仿佛知道我的心思,人家不紧不慢笑眯眯地对我说,别担心,我会做家务。我很惊讶,会什么? 你不知道,我会擀面条、包饺子,还会做大馍和包包子呢。今后我会多承担家务的。老公表了态。看来是他摸透了我的底牌,而我却被他蒙混了这些年,有些愤慨。可是,既然现在承认会做家务,手艺也是童子功,还愿意今后多做家务,我也就顾不得愤慨了,改成了意外惊喜。

第一天晚上,我们吃过晚饭后,他就主动包揽了洗碗的活计,顺带把餐桌收拾好,地也打扫得干干净净。还说,以后晚上的洗碗都由他包了。要知道,以前不要说洗碗,就是吃饭,也是要我盛好才吃呢。那一晚,我真感觉好轻松。多年来,干家务干惯了,也没指望过谁,一下子有人帮忙,还真觉得不用洗碗的日子真爽啊。

第二天早晨,他要去买菜。我怕他买不好,上当受骗(年轻时常被菜贩子欺负蒙骗)。可是人家执意要去,我也不能阻拦,就告诉他谁家的豆芽是放心菜,谁家的猪肉不错,谁家的价格公道。不一会儿,满载而归。根本没按照我的指引,自顾自买了一大堆他认为好的菜:黑毛猪肉、土鸡蛋、乌白菜、嫩豆腐、小香葱、白干子、白萝卜……我问黄豆芽呢? 他说,不好吃,嚼不动,我没买。哎,我最喜欢吃的黄豆芽竟然没买。有一种大权旁落的感觉。接着他像下达指示一样对我发号施令:以后只准买黑毛猪肉,别看贵一点,好吃。你们女人家就是小里小气舍不得花钱。再有,就是,鸡蛋也一定要买土鸡蛋,那个洋鸡蛋就不要再买了。我说,报纸上都说了洋鸡蛋土鸡蛋营养都差不多。那可差远了,还是不一样。他不容置疑。也好,随便他了,他不怕花钱,我还怕吗?再说,也不用我到菜市受那些菜贩子的气了,多好的事啊。从此以后,这买菜的重任也落到了老公的头上。

到后来,不仅是洗晚上的碗筷,就连早晨和中午的,他也一并包干了。有一天下午我一觉醒来,看到他正在拖地板,整个房间亮亮堂堂,简直不敢相信这是一个曾经特别懒不做家务的男人所为。世道真变了!一切皆有可能!

老公家务活以外的时间,大多就是抱他的小外孙源宝啦。有一个特点,只要孩子搂在了他的怀里,别人就别想抱走。全家人外出游玩,人家有爸爸妈妈关照呢,可是这个外公就是紧紧抱着小外孙不放。弄得女儿女婿哭笑不得。每天上午送源宝上幼儿园是外公最快乐的时光。爷孙俩穿好衣服拿上进园磁卡,外公把外孙往怀里那么一抱,欢欢喜喜上幼儿园去啦!当然,中午接小外孙(是半天小托班)也是兴致勃勃。十一点半放学,不用我催,他会准时出现在幼儿园门口,混迹在接宝宝的爷爷奶奶队伍中,乐此不疲。

正在窃喜之余,有一天,我突然发现厨房里少了好多东西。几个长柄木制小勺不见了，几个漂亮的罐子也不见了，围裙和好多塑料袋也不见了，还有咖啡罐辣椒罐，许多瓶瓶罐罐……都不见了。一问，原来统统被他扔到楼下垃圾桶里了。叫我说什么好呢？还没来得及埋怨他，人家倒数落起我来了。你看你这厨房，快成垃圾储物间了，这些东西长期不用，还占地方，必须清理。看来，这些年对我主持家政有诸多不满，反攻倒算来了。想想也有道理，比如，那罐咖啡是我的闺蜜老同学从澳洲带来的，我非常珍惜，看到这个罐子，就像看到了她。可是罐子里的咖啡已经不能喝了，过期了。再舍不得也该扔了。还有那些塑料袋都是每次买东西积攒下来的，大多数也派不上用场了，就是舍不得扔，也该快刀斩乱麻扔了得了。只是可惜了那几个长柄木制勺，那可是我在文博会上花高价淘来的啊，多少有些遗憾。也别说，经先生这么清理，厨房干净整洁了许多。看来，一个人掌握厨房大权不是什么好事，得有改革人物掺和进来，才能出现新面貌。

手机响了，只听他说，没时间了，你们玩吧，现在小外孙要紧，我得在家带孩子。这种电话，经常接到，每次他都毫不犹豫地拒绝了。

老公是个爱玩的主，年轻时着迷下围棋，整个周末都不沾家。我记得某个周末家中有急事，那时又没有电话手机什么的，只好到处到棋摊或爱下棋的熟人家里找他，好伤心好无奈。现在又常和朋友同事斗地主掼蛋，不回家也是常事。电话里都是那些老同事老朋友们找他打牌的，可退休在家的他基本不为所动。真是奇了怪了。单位老干部处经常组织旅游,他一次也没有参加。还是一句话,带小外孙要紧。

我是上辈子拯救了银河系?晚年摊上了这等好事,真是没有想到。

我以为这都是源宝给我带来的福分。

外婆心得

人说浪子回头金不换,就是指浪子很难回头的,十之一二能回头,那都是高概率了。指望一个一辈子都不做家务的男人退休后回归家庭做家务,也和浪子回头一样,金不换。所以,我老公现在退休了,乐意做家务带小外孙,这让我难以置信。他做家务无论好坏对错(这里没有原则问题),我一律表扬鼓励,坚决不挑错。这样才能让老公保持持久做家务的积极性。

2017/12/31

五十四、遭遇流感

没想到这次流感来得这么凶猛，持续时间这么长久。现在想起来还是非常后怕。

去年 11 月初，某次外出就餐，回来后源宝有了感冒症状，及时到大医院诊治，医生说是普通感冒。吃药一周后痊愈，继续送上幼儿园。上幼儿园一周后，又感冒了，似乎比上一次严重，有了发烧拉肚子的症状。还是赶紧抱去大医院就诊，医生说这一次是病毒感染，要吃抗病毒的药。就诊时，听前面的一位小男孩妈妈忧心忡忡地对医生说，孩子反复感冒一个多月了，药不知道吃了多少，雾化都做了十多次了，还是不见好转。说着，还拿出了曾经吃过的剩药给医生看。医生说，那就输液吧。听了这些我也吓坏了，这孩子反复发烧感冒咳嗽一个多月，多折磨人啊！孩子受罪，大人揪心，日子难过！思忖，我们家源宝可不能这样，一定要及时吃药，精心护理，让他及早康复。

生病的孩子真难带。夜里，源宝有时候被浓鼻涕憋醒喘不过气来，有时候被咳嗽咳醒，哇哇大哭。不断地擤鼻涕，不断地接咳痰，床头放着整盒的抽纸，一夜下来满地都是。有时候激烈咳嗽把吃的奶和食物也吐出来，弄得满床满身。全家夜里起来换床铺换衣服，心急如焚。发烧的时候，还要不断量体温，掌握情况，一旦到 38.5 度以上就要吃退烧药。而退烧药 24 小时内用量不能超过 4 次，否则对孩子有副作用。所有这些都要小心翼翼，如履薄冰。就这样熬了一个星期，总算渐渐好转。松了口气。可是，这次的源宝明显精神不济，消瘦了许多。

调养一周后，看着孩子各方面都恢复得很好，就决定还是送去上幼儿园吧。生病的时候，源宝经常问我们去上幼儿园吗？看来他是想念他的老师和小朋友们了。想想也就上半天，离家那么近，不会有什么问题的。一周下来，相安无事。还没来得及乐呢，到了周末，夜里，源宝突然高烧到 39 度，来势凶猛。一刻也不能耽搁，连夜到大医院看急诊。我的妈呀，已经排到 200 多号了，护士说大概要等四五个小时才能看上。那就等吧。这时候，有其他患儿的家长说，他们是从另一个大医院赶来的，那里已经挂到 700 多号了。好不容易挨到我们看病了。这一次，医生决定给源宝输液，我们也同意了。都说输液对孩子不利，可是反复发烧咳嗽的孩子，再不输液，发展成重病肺炎或者引起其他并发症，那就更

雪中祖孙乐

危险了。输液的时候,源宝的小手被绑着,针扎下去哭得撕心裂肺。这针如同扎在家长的心上一样。等输完液,已经是凌晨了。这一夜惊心动魄。

接下来是五天的输液,再加上各种口服药,小宝宝就像霜打的茄子彻底蔫掉了。吃不好、喝不好、睡不安,更加消瘦了。好心疼人。复诊时,医生说,还有可能反复,这次的病毒感冒,全国流行,一定要小心。可不是吗,输液室里,人满为患，护士们忙得团团转。央视也播放了有关这次流感的专题节目。和我们合肥一样，北京的各大医院，也是患儿陡增，排队七八个小时看上病是普遍状态。祖籍老家延安那里也传来了流感爆发的消息。据统计，这次的流感患者比往年增加3倍多，且病毒变异，难以治疗，反复发作。的确是的，在幼儿园班级微信群里，每天都有好多孩子生病请假，有一天达到了10人（班级28人）。我的几位好朋友也中招了，都患了流感且难痊愈。我曾经自责，没有照顾好源宝。看来，是我们遇上了强敌变异病毒流感。必须全力以赴格外小心精心耐心，和流感打一场硬仗。

到了12月29号，源宝终于退烧了，咳嗽也在减轻。输液的作用还是很明显的。

可是，还没轻松片刻，我们大人却出现了状况，女儿和老公发高烧咳嗽不止，我和女婿也开始咳嗽。我们这个团队和流感作斗争一个多月，基本也是精疲力竭了。这可怎么办啊？

赶紧搬救兵，给我大姐打电话。多年来，我这个姐姐就是我们大家族的救火队员，谁家有急事，她都会克服困难第一时间赶到。其实大姐在我家帮忙带源宝才走三个月，不是万不得已，真不好意思再喊她来了。

2018年元旦，大姐及时赶到。源宝见到离开了三个月的大姨姥姥一下子就扑了上去，紧紧搂住大姨姥姥的脖子，小脸埋到她的肩膀上好久都不抬起来。我的眼泪都快流出来了。真是有情有义的好孩子。大姐刚走的那段时间，源宝经常问我，大姨姥姥呢？我只好哄他，大姨姥姥买菜去了。后来，他常自言自语，大姨姥姥买菜去了。其实，他小小的心里是多么思念带了他近两年的大姨姥姥啊！现在，看到大姨姥姥出现在眼前，怎么能不欢欣呢。这么小，才两周岁多的孩子，内心世界的情感也是丰沛的。

源宝的一切都交于大姐照顾。全家总动员，每天开窗通风，减少开空调，煮白醋熏蒸房间，每人都戴上口罩防止交叉感染，多喝水保持喉咙湿润。我们四人及时看病吃药。抗病毒感冒药奥司他韦已经断货。只好用另一种同类药代替，效果也很好。再加上抗生素消炎药和咳嗽药一起吃，病情很快就控制住了。一周后，大人们基本痊愈。1 月 15 号，源宝在离开幼儿园 20 多天后又精神饱满地去上学了。那天是我送的，老师们看到源宝都说想他了。源宝回到了久别的温馨小集体，是那么欢快。

一周过去了，我们依然小心翼翼，因为流感还在流行之中。虽然一场大雪遏制住了流感蔓延的势头，可是专家们说了，大概到春节之前全国范围内的流感才能基本结束。

今天，源宝神气活现地开始了第二周的上学，突破前两次只上一周就发病的状况。这真是好兆头。相信，经过这次磨难，我们对流感有了预防的经验，也会更加警惕。以后再遇到，不会像这次那么手忙脚乱了。

孩子能健康快乐地成长，是我们最大的心愿！

外婆心得

千万不能小看了宝宝患感冒，不要认为是小病，在家里吃常用药就行了。其实，如果是病毒性感冒，搞不好都是要人命的。一定要带宝宝到正规大医院就诊。那里的医生诊疗经验丰富，病例看得多，诊断正确率高。另外，正规大医院的医疗设施完备，药品也十分齐全，可以及时给患儿服用或注射对症药物，基本不会延误病程。

2018/1/22

五十五、我们家的小暖男

那天，我好像有什么事不开心，脸色自然就略显沉重。正玩得不亦乐乎的源宝觉察到了，马上跑过来昂起小脸，外婆，你不开心吗？你别不开心了！关切之情溢于言表。天啊，这是两岁多宝宝说出的话吗？我真的不敢相信。赶紧收起沉重，笑着回答，外婆没有不开心，谢谢宝宝关心外婆！看到我笑了，源宝紧张的小情绪有所松弛，也跟着开心地笑了。跟着还说，不用谢。又特别强调，外婆你别不开心了！

还有一次，外公从幼儿园接他回来，因为下着小雨，就没有顺带带他在外面逛一会儿（平时都是逛一会儿才回家）。这下子不愿意了，大哭大闹，我在楼上烧饭都听到了楼下的哭声。到家后，哭闹得更凶了，好像有一肚子的怨气此刻集中爆发。平时对外孙有些溺爱，常被我们奚落批评的外公，坐在客厅的沙发上生闷气。这次外公真生气了。我只好把

雪地上的萌娃

源宝抱到卧室耐心哄劝。过了好一会儿，小家伙的情绪才慢慢平复下来。平复了情绪的源宝第一时间挣脱了我的怀抱，呼呼朝客厅跑。看到外公，第一句话就是，外公，你别生气了！感情他哭的时候还惦记着外公的情绪啊。这样一哄，外公的脸色马上阴转晴天，而且是艳阳高照。幸福得快化得了。也不知道这小家伙何时学会哄人的。

此后，只要是家里人有谁不大高兴或者脸色不大好，源宝一定会上前安慰，别生气了、别生气了。或者是别不开心、别不开心了。要是我们说话声音大了，他就会说，别吵了、别吵了！你说，有这个小大人一样老沉的宝宝监督着我们的情绪，哪还敢随便发火发脾气，说话的声音自然也要柔和一些了。免得又被宝宝误以为吵架了。现在我们这个家，那真是和谐得一塌糊涂。

前天，打扫卫生的小H来了。因故，小H有两个多月没来了，源宝见着了，一点都不陌生，马上就热情地喊小H阿姨好！看到小H站在梯子上擦玻璃，他马上就喊起来了，小H阿姨，小心，别摔跤了。那声音透着真切的关怀。感动得小H阿姨都不知道说什么好了。我也被感动得心慌慌。这孩子，这么小的年纪，咋还知道这么关心人呢？“人之初，性本善”，源宝，有善根。

时下，把心地善良会关心照顾别人的男士称为暖男。源宝充分表现出了这方面的潜质。在这寒冷的冬天，他的童声稚语，让我们感受到来自纯真自然善良友爱童心的温暖。

源宝就是我们家的一枚小暖男。

外婆心得

一分耕耘，一分收获。种下善根，结出善果。和谐温馨的家庭环境，对宝宝优良品格的形成至关重要。整天争斗吵闹的家庭，不会让孩子有安全感。没有安全感的孩子，时常处在恐惧之中，性格就会扭曲，很难有欢喜心去关心别人了。每一个家庭的家长们都要认识到这个问题的重要性。

2018/2/1

五十六、爱美乃天性

断断续续被流感折磨了近两个月的源宝好久没有出门了。痊愈后，我开车带他出去兜风，那个欢喜劲儿啊。车子刚驶入宽广的清溪路，视野一下子开阔了许多，只见天高云淡，车水马龙，还有冬天里没有落叶的绿化树，都让人心情舒畅。我还没来得及感慨呢，只听源宝大喊，好美啊！车里的大人都被这一声稚嫩的惊呼镇住了，你能低估两岁多小孩的审美情趣吗？

两三个月都没理发了，人瘦毛长，不忍卒睹。生病是一个原因，还有一个就是源宝特别怕理发，每次都是狂呼海叫，令人发憷，也就一拖再拖。这次到了非理不可的时候了。小家伙一听要去理发，百千个不愿意，知道又躲不过去，只好吭吭唧唧地跟了去。慎重起见，爸爸抱着，外公和妈妈陪同。我在家心也悬着，生怕他拼命哭闹。不一会儿，门铃响了，都回来了,这么快?没那么好的事。原来是源宝硬要回家里拉便便,好在理发店离家不远,那就回家吧。拉了半天,没响动,那就再回去理发。这次回去,就没有很快回来了。再回来时,已经理好了。一进门换了一个人,那头型,帅呆了。小家伙得意洋洋,喜笑颜开,一点也没有惊慌失措的样子。我的担心多余了。

怎么回事呢?听外公说,回到理发店,又要求拉便便一次,嘘嘘三次。大便根本没有,小便每次只挤出几滴。完全是惧怕心理作祟,他想用这个方法来拖延。最后没辙了,还是被抱上了理发椅子。真上了理发椅子,也没有像小时候那样狂嚎,只是哭哭啼啼而已。理发师傅手艺高超动作敏捷,三下五除二,就理出一个神气漂亮的发型。源宝看到镜子里的自己面貌焕然一新,简直就是一个帅小伙。立刻心情大好,破涕为笑。

后来几天,源宝左手拿着一个小玩具水壶,右手拿着一把玩具小刀,逮谁就要给谁理发,我们四人逐一被他反复理发多次后,才善罢甘休。现在,说是要带他理发去,再也不鬼哭狼嚎了,非常乐意前往。你能低估两岁多小孩对美的追求吗?

动画片里,如果有漫山遍野的鲜花、绿色的大森林、蔚蓝的大海,还有蓝天白云太阳小鸟,源宝就特别欢喜。目不转睛盯着看。如果有音乐的话还跟着跳舞。要是看到黑黢黢的场景,蛇、丑陋怪物一类的东西,马上就大叫不看不看、害怕害怕、换台换台！你能低估两岁多小孩对丑陋事物的厌恶抗拒吗？

这几天读《诗经》，看到第三十八篇《简兮》，描写一位相貌英俊高大魁梧的美男子跳舞的情景。他的舞姿豪放潇洒，令人倾倒。作者大喊：云谁之思？西方美人。大意是，我想念的是谁啊？就是这个跳舞的西方来的美人。看来，作者是这个美男子的超级粉丝。古代，英俊的男人被称作美人。现代，漂亮的男人被称作花样美男。对美的追求和欣赏，从古至今都没有改变。

源宝看到镜子里的自己，漂亮的发型，焕然一新的模样，自然就心情大好，再也不反对理发啦。

美好的事物人人喜欢，无论男女老少。当小宝宝发现理发后的自己面貌焕然一新，自然以后就会爱上理发的。所以，多给宝宝欣赏美的东西，比如，漂亮的绘本图书、赏心悦目的动画片、动听的音乐等。那些黑暗、恐怖的画面最好不要给宝宝们看，会留下心理阴影。

2018/2/21

五十七、开往春天的列车

记得上两个春节虽说喜气洋洋，可是还没禁放烟花爆竹，整个年下爆竹声震天响。硝烟弥漫，空气污浊不说，吓得源宝小朋友魂都没有了。只好把门窗紧闭，一有响动就把他搂在怀里捂上耳朵。太小的孩子真禁不住连天轰鸣震耳欲聋爆竹的惊吓，真能吓破了胆。大人们好担心，却又无奈。就盼着春节快快过去，恢复清新的空气，重回安静的时光。

今年好了，政府公告严禁在市区燃放烟花爆竹，违者严惩。令行禁止，今年的春节宁静安详。源宝睡了一个好觉，大家都睡了个好觉。

大年初一，小家伙早早就起床了，心情特别好。这是他出生以来的第三个春节了，可喜可贺！

依习惯坐在他专属的小桌椅位子上，拿起了桌上的纸和笔就画了起来。画什么呢？我好奇，伸头瞅瞅。哎呦，画圆呢。小手捏着笔，从左向右从下到上，稳稳的这么一圈子下来，一个像样的圆就画出来了（此前，他没画成过一个圆）。我忍不住拍手叫好。受到鼓舞的源宝很得意，没理会我在旁边的鼓噪，继续表现自己的本领，在圆上又加了一条线。我问，这是什么呀？气球吗？他点点头说，是的，气球。说完就哈哈大笑。这一笑可把我吓了一跳。

是什么样一种笑呢？这样形容吧，就是从胸腔里发出的顺着喉咙喷薄而出的那种男子汉狂放不羁直抒胸臆的大笑：哈——哈——哈！这是一个两岁十个月小男孩的笑声吗？真的不敢相信。这笑声好自信、好自由、好有能量、好有感染力。我忍不住也跟着从胸腔里发出了哈——哈——哈的笑声。后来，外公跟着笑了起来，爸爸妈妈也跟着笑了起来。一时间，我们家笑声一片。

就是从狗年的大年初一开始，源宝有了这样的笑声。后来的日子里，只要他高兴了，时不时就用这样的笑声表达他的情绪。我们也会继续附和，跟着畅快淋漓恣意豪放地大笑，特别爽。

在这个春节，圆画得像圆，笑是开怀大笑。源宝真的长大了。

比如，吃饭，胃口也大了许多，高兴了，一大碗面条加一个鸡蛋，不费事就吃下肚。还特别强调要加些醋，或者番茄酱，这样他吃起来更津津有味。这么小，爱吃醋，吼吼，长大了可别这样哦。

比如，睡觉，夜里也不那么乱滚乱翻了，安安静静一整夜。他睡个好觉，大人也能有个好睡眠了。

比如，大小便，尤其是大便非常有规律，基本不用担心不规律带来的便秘或者拉稀，省心呢。只是拉大便时，他自己赶紧就先捂上了鼻子，嫌自己的粑粑臭呢，不像话！

再有，就是抵抗力也有所增强。去年入冬以来的流感，让源宝小朋友身体受到很大伤害，瘦了一大圈。病愈后加强营养注意调理，不久就膘肥体壮。现在，偶感风寒也能很快恢复。

外公时常会眯起小眼，很得意地对我说，这孩子，眼见着长大了。是的，源宝如春笋般拔节、生长，一眨眼，就窜出了老高。我倾听到了春笋拔节的律动。

开往春天的列车穿行在桃红柳绿的山林中，飘然而来，又急速而去。那一串长长的背影带着憧憬与希望，令人无限沉醉。

春天总是会来的。不要惧怕严寒。当春天来临的时候，希望就来了，快乐就来了，幸福就来了。乘上春天的列车，一路都是好风景。大声歌唱吧，庆祝胜利吧。

2018/3/16

五十八、幼儿园里欢乐多

三八节那天，老师特意在班级微信群里发布消息，接小朋们时最好是女性家长来，会有惊喜哦！

平时我和先生的分工是他主外，主要负责接送源宝上下幼儿园和外出溜达；我主内，主要负责烧饭和家务。分工明确，配合默契。听说有意外惊喜，那我当然要去啦。

春风拂面，春花烂漫。家长们面露春意，站在大门外等候开门，也在等待惊喜。到了教室门口，徐老师维持着秩序，家长们也和宝宝一样都很听话哦，乖乖地排队等着一批批进去接孩子。出来的孩子小脸都笑成了一朵花，家长也洋溢着幸福的笑脸。气氛欢快热闹。原来是小朋友们在老师的指导和帮助下，为自己的妈妈、奶奶、外婆亲手制作了漂亮的小花束啊！孩子们手捧花束在教室里等着，家长进去后就扑上去献花，班主任李老师就会及时抓拍照片，再及时发到班级微信群里。为每一个家庭都留下了美好的瞬间。

我进去后,源宝早就迫不及待了,像小燕子一样飞扑过来,一下子扑到了我的怀里,把他做的小花束献给我,还念念有词:生日快乐!生日快乐!因为太小,不懂什么三八妇女节,以为这么欢乐的日子一定是庆祝生日。宝宝把妇女节当作我们的生日来庆祝,当然一样的有意义和快乐啦。宝宝的爱心什么时候都是最淳朴最珍贵的,如这三月的春风抚慰着我们的身体,如这三月的雨露滋润着我们日渐苍老的心。

回家的路上,源宝舍不得他那束亲手做的花,一定要自己捧着,欢快的笑声丢了一路。到了家里,他要我站在他对面一段距离的地方不要动。我弄不明白要干什么,正在迷茫中,只见他张开两只小胳膊,呼啸着扑将过来,又一次扑到我的怀里。原来他是在导演情景再现啊!扑一次不过瘾,还想扑第二次、第三次。孩子心中装满了多少爱啊!

上周五,通知开家长会,最好是爸爸妈妈去。可是,源宝的爸爸妈妈都上班,又碰上特别繁忙,不好请假,只好我顶替去啦。上次是他妈妈去的。

小托一班有四位老师,分别是李老师、徐老师、张老师和王老师。李老师是班主任,徐老师是上课老师,张老师和王老师负责孩子们的日常生活。这四位老师是充满爱心和责任心的好老师。尤其是班主任李老师具有很高的理论修养和丰富的教学经验。她圆圆的粉脸,笑的时候眼睛就像小月牙儿,孩子们可喜欢她啦。

家长到得很整齐，都安静地坐在小椅子上，下午五点正式开始。

冯医生先讲了防止流行病传染的注意事项。的确很重要，前一段时间流感猖狂，许多孩子都中招了。

李老师作了主题发言。我还以为是要家长们注意什么事项呢，原来是对每一个孩子成长过程中行为举止的点评。要知道，班里老生 28 名，加上新生 9 名，一共是 37 名孩子，一个一个点评，这得花多少精力去记录和思考啊！尤其是平时，孩子们的一言一行一举一动，老师都要细心观察，做到心中有数。这令我十分惊讶。家长们也都来了精神，等待着点评自己的孩子，也认真听讲点评别的孩子，看有什么值得借鉴的经验教训。

李老师还做了幻灯投影，每点评到一个孩子，这个孩子的可爱形象就会出现在屏幕上。原来只闻其名，现在有了清晰的直观图像，新鲜有趣。

在李老师的眼里，每一个孩子都是小天使，而且是一点点在长大进步有优点又有缺点的小天使。

爱笑的孩子很多，忧郁型的孩子也有；爱动的孩子很多，爱静的孩子也有；爱讲话的孩子很多，不爱说话的孩子也有；好好吃饭的孩子很多，不好好吃饭的孩子也不少。有的孩子动手能力强，有的孩子口才好，有的孩子温顺合群，有的孩子性格执拗，有的孩子有领导天赋，有的孩子特有表现欲……哈哈，太多了，真是一群无遮无拦天真无邪的小可爱啊！

李老师说，有一个孩子特别不爱说话，是她从教十年来遇到的第一例这么不爱说话的。怎么办呢？她就不厌其烦时时留意引导。有一次，这个孩子终于说话了，是三个字（我忘了是哪三个字），李老师像中了彩票一样高兴，到处宣布，这个孩子开口说话了！你说说，遇到这样有爱心又负责任的老师多幸运。

讲到了源宝，她说源宝就是班里的一枚开心果，整天笑嘻嘻快乐得不得了，表现出了最纯真的童心。听到这里，我很得意，咱家的孩子，就是这样的！可是李老师话锋一转，源宝可能是动画片看多了吧？学着《熊出没》里说俺、俺、俺。时常脱口而出光头强、熊大、熊二。这可不行，家长要注意了，动画片要少看。可不是吗，源宝痴迷《熊出没》，每天都要看。李老师真是一针见血。从孩子的行为举止就知道家长们做了些什么。我很惭愧，在下面反省自己对源宝的放纵。李老师还说，源宝上课有时候坐不住，吃饭有时不好好吃，都要慢慢纠正。

听了这些，我从内心感激。谁都认为自己家孩子最可爱。可是对于自己家孩子的缺点有谁去指出去纠正呢？幼儿园的老师们为我们指出和纠正，真正是功德无量。人说三岁看老，孩子许多优秀品德或者不良习惯都是在三岁左右逐渐形成的，这个阶段多么重要。感谢李老师，让我们对自己家孩子有了一个全面的认识，也有了及时改正的好时机。

回家后，我把这些讲给家人听，家人一致表示要听老师

雪中乐

的话,及时纠正这些不良行为。源宝也在场,似乎听懂了我们的对话。从那以后,再也没有执意要看《熊出没》的吵闹。现在,每天只是在他临睡前看一小会动画片,而且明确说是对他表现好的奖励。对于不好好吃饭和好动的行为,我们也在慢慢纠正。

李老师特别强调,小托班是为孩子们正式上全托班做准备,着重培养孩子们的自理能力。这学期,孩子们的自理能力都有所增强,而且也懂得了友爱和协作。上学期抢玩具的现象很普遍,这学期大家都可以和谐相处了。大家爬滑滑梯时,也懂得了要互相帮助,上面的孩子拉下面上不上来的孩子,好有爱心哦。这时一个画面出现了,滑滑梯上面有两个小朋友伸出小手正在拉下面一个小朋友呢。这是李老师做好防护的同时抓拍的。老师们半年多的辛苦没有白费，孩子们渐渐长大渐渐懂事渐渐知道关心别人渐渐学会互相帮助。

在李老师讲话的过程中，徐老师、王老师都不时插话补充，告诉家长们注意事项，张老师也表达了对孩子们的关心。整个家长会轻松愉快其乐融融，收效甚大。从女儿小的时候开始，我是开了无数家长会的。可以说，这个家长会真棒，给我留下了难以磨灭的印象。

源宝最喜欢的一首儿歌就是《我爱我的幼儿园》，经常哼唱。我也跟着他唱，有的时候把词唱错了，他会马上纠正的。早晨吃过早饭，不用大人说，自己就把小帽子小围脖拿好，把小拖鞋左边一下右边一下甩掉，等着给他换上出门的鞋。站在门口，催促着外公快点，要上幼儿园啦，不然迟到啦。

老师们培养宝宝从小就懂得爱、表达爱，爱就会植根他们的心田，直到生根发芽开花结果。孩子们一生都会受用的。

感谢小托一班四位辛勤的爱心满满的老师们！

我们全家一致要求我写一篇文章表扬一下小托一班的老师们。我也觉得这很重要，欣然提笔。

外婆心得

幼儿园的学习生活，对宝宝来讲，非常关键。因为三岁到六岁，正是孩子们生长发育、学习语言、接受新事物、性格形成、品德培养的关键时期。遇到好的幼儿园和好的老师是孩子们一生的幸运，也是一生的受用。

2018/3/21

五十九、源宝的最爱——小毛毯

其实不能算是毛毯，只是一个蓝色小毛巾被，源宝一定要说是他的小毛毯，我们再纠正也是枉然。

小毛毯——就按源宝的叫法吧，就是那种四四方方的儿童毛巾被，上面有着长颈鹿、小鸟、蓝天白云和蝴蝶的卡通图案。夏天宝宝睡觉往肚子上那么一搭，不冷不热正正好。大概是在源宝一周岁的那个夏天启用这个小毛毯的。谁知，这一启用，源宝就实实在在离不开它了。不单是夏天，春秋冬三季，也就是一年四季，这个小毛毯几乎都不能离开源宝的视线。一会儿看不见，就要大叫，我的小毛毯、我的小毛毯！

这么说吧，只要是喝奶，牛奶冲好后递到他手里，他就要大叫小毛毯，我要小毛毯！一开始，我们觉得这孩子真是的，喝奶要什么小毛毯，互相不搭啊。就不给他拿。不得了了，又哭又闹，奶也不喝了。赶紧拿来小毛毯，立刻破涕为笑。

一手拿着小毛毯，沿着边缘捋一捋找一找，找到一个合适的地方就用一只小手捏着，另一只小手把着奶瓶大口喝起来。不一会儿，奶就喝光了。皆大欢喜。直到现在，喝奶要拿小毛毯已经成了习惯定式。

只要是睡觉，一定是要先把小毛毯搭在肚子上，上面再盖被子什么的，他才能安静入睡。如果哪天忘记给他盖小毛毯，他自然会大叫，小毛毯、我的小毛毯！赶紧找来盖上，这事才了。一点都不能打马虎眼。更有甚者，如果夜里他翻身时朦胧觉得小毛毯不在身上，闭着眼睛都会大叫，小毛毯、我的小毛毯呢？我边说在这呢、在这呢，边把已经压到他身子底下的小毛毯赶紧抽上来盖在他的小肚子上。感觉到小毛毯的存在后，他又沉沉睡去。几乎每天夜里都要上演这出剧目。这也是习惯定式了。

早晨起来，穿戴整齐后，小毛毯必定要拿在手上抱在怀里，陪他一起来到客厅。洗漱，吃早饭，小毛毯就放在客厅的椅子上，在他的视线范围内，一切相安无事。你要是顺手拿走了，他马上就会察觉，小毛毯、小毛毯呢？

小毛毯的任务太艰巨了，不仅要陪他睡觉、吃饭，还要陪他玩耍，还不能离开视线。小毛毯真是太累了，很快也就脏了。小毛毯被洗掉了，好天气要有一整天不能陪伴源宝，坏天气可就要更长时间了。这可怎么办呢？刚开始，我们告诉他，小毛毯脏了洗掉了不能盖了，用别的毯子代替。他哭喊着不干。我就让他用手摸摸潮湿的小毛毯，这样湿漉漉的小

祖国万岁

毛毯能盖在身上吗？还好，小家伙不是不讲理，明白了小毛毯现在真的不能盖了，也就不坚持非要这个小毛毯不可了。现在，我们只要告诉他小毛毯洗掉了，他已经能很平静地对待了。不过，一旦晒干了他是知道的，立刻要换上，不容迟缓。他惦记着呢。

记得好几年前，我二姐常带她的小外孙到我家来玩。也是在两三岁或者更大些的时候，他手里总是抱着一只小白兔,进门后会把小白兔放好再玩耍。走时,他总是立刻把小白兔拿在手里。有一次,二姐拉着他到了门口,结果发现自己手里的小白兔不见了(自己忘了拿),哇哇大哭起来。小白兔、小白兔不见了!惊慌失措。二姐赶紧回到屋子里找小白兔,边找边说,小白兔就是他的命,睡觉抱着吃饭抱着走哪都要带着。看到了小白兔,小宝宝不惊慌了,破涕为笑,高高兴兴回家去。当时我想,有这么严重吗?现在轮到我带小外孙,也遇到了同样的问题。

依我的理解小毛毯就是源宝幼童时期的小伙伴,有小伙伴的孩子是快乐无忧和安稳的。这个小伙伴已经陪伴他两年多了。往后或许还会有其他的好伙伴陪伴源宝继续他的人生之路。

外婆心得

是孩子幼小的心灵敏感、脆弱、恐惧?还是人类与生俱来的需要互相温暖互相依托?或许,结伴而行的人生更具安全感。而这安全感,人类从幼童开始就在寻找了。几乎每一个孩子都有一个小小的癖好,有人说是恋物癖。有小癖好,或者说恋着某个小物件的孩子,会自我拥有安全感,其实是好事。不用担心,长大后自然就会放弃或纠正。

2018/4/13

六十、祝你生日快乐

2018 年 4 月 9 号,对于我们这个大家庭来说,这一天很重要——源宝三岁了!

4 月 6 号,源宝的爷爷奶奶专程从外地赶来了,因为这一天是源宝的阴历生日,他们重视阴历。爷爷奶奶可以缺席小孙子一周岁、两周岁的生日,却没有缺席三周岁的生日。可见三周岁是个大日子,在他们心里也是重掂掂的。

在三年的成长过程中,源宝和爷爷奶奶的交流仅限于视频,不过这并不妨碍他和爷爷奶奶的亲热。一见到久未谋面的他们,小家伙就亲热地喊着爷爷奶奶好。喜得爷爷奶奶满脸乐开了花,赶紧掏出大红包以示庆贺。这真是血浓于水啊。

按现行阳历生日为准的计算方法,这就是生日序曲吧。

最美人间四月天,天气温暖,绿色葱茏,鲜花怒放,祥和、温馨、快乐、幸福……多种美妙的感觉萦绕在我们胸间。而所有这一切都源于家里有个小源宝。

早在去年下半年，我就掰着手指算呀算——明年春天宝宝就三周岁啦。憧憬着春天的到来。到了万物复苏大地葱茏的初春，紫色的二月兰迎风摇曳，桃花儿红，梨花儿白……我又掰着手指算呀算——二月过了是三月、三月过了是四月，四月就要给源宝过生日了。在迎春赏春的忙碌中，转眼四月来临。我又掰着手指算呀算，4 月 9 号就是宝宝三周岁的大日子啦！进入四月，日子是一天天数着过的。每数一天，成功的喜悦就窜出一截，幸福的滋味就溢满一格。

三年，1095 个日日夜夜，幸福快乐和操心劳累并行。初生时的柔弱绵软、嗷嗷待哺，如易碰碎的精美瓷器，需日夜精心呵护，小心喂养。看着他会笑了、会翻身了、会爬了、会站了、会吃辅食了、会咿呀乱叫了、会蹒跚迈步了、会喊爸爸妈妈了、会走路了、会唱歌了、会耍鬼点子了、会吃饭了、会玩遥控玩具了、会背唐诗了、会玩滑板车了、会对着镜头摆 pose 了、会喊我要嘘嘘(小便)和便便(大便)了、会选择吃巧克力还是棒棒糖了(或者其他多种选择)、会盼着爸爸妈妈下班回来了、会说这里好美呀了、会想念带他的大姨姥姥了、会开关手机了、会在手机上找出自己喜欢的贝乐虎儿歌并调节音量大小了、会泼皮耍赖了、会唱 ABCDEFG 了、会爬高上低了、会说外婆我爱你了、会说我的同学某某某了……

回过头来看，时间倏忽而过，转眼孩子就长大。

可是每一个不眠之夜的操心劳神都需家长付出超常的体力和精力。

三岁是个分水岭。此后的孩子就如小树度过了最初的嫩苗期，长出了木质的树干，开始往成材的道路上迈进。现在，源宝身高98厘米，体重18公斤，语言流利，思维敏捷，大口吃肉，大杯喝水，开怀大笑，扯嗓子嚎歌，每天都在拔节，都有长进，健壮小伙子模样初露端倪。我们总算有喘息的机会了。

好日子如约而至。怎么度过这有意义的日子呢？如果说人生的头三年由弱小而渐渐强壮，实属不易，值得好好庆贺（这也是我们为什么那么渴盼三岁生日到来的重要原因）。那么，往后的人生才是真正的“路漫漫其修远”矣。更大的考验在等待着源宝和我们。想到这，也就不会为庆祝这个三周岁而大张旗鼓了。

4月9日周二，源宝照常去上半天幼儿园小托班。上午我到蛋糕店买了一只中小型的精美蛋糕（大的肯定浪费），女儿正好上下午班（女婿工作忙无法到场），小小的庆贺就放在中午。外公接源宝时就告诉他，家里有蛋糕等着他呢。所以宝宝一进门就欢天喜地，喊着要吃蛋糕。给他戴上小寿星头饰，点上蜡烛齐唱祝你生日快乐！源宝也跟着大声唱，祝你生日快乐！接着用小嘴一呼（呼呼吹气）就把蜡烛吹灭了。这个蛋糕口感很好，宝宝特别爱吃，大家都大快朵颐。吃着、唱着、拍照留念，欢声笑语回荡在整个房间。

下午四点,木桐前来为源宝拍照。自从宝宝出生,木桐跟踪拍摄到现在,留下了许多珍贵的瞬间。按说木桐是奶奶辈人物,源宝应该喊奶奶或外婆,可是小家伙坚决不从,只喊木桐阿姨。可能在源宝的眼里,木桐就是阿姨,就是年轻漂亮。有时睡觉醒了会突然对我说,想木桐阿姨了。可见他是多么喜欢木桐阿姨。

我们来到了小区附近的黑池坝景区,阳光灿烂,春意正浓。岸边柳枝低垂,水面波光粼粼,到处都是好风景。源宝撒开丫子跑来跑去,木桐就跟着他跑前跑后抓拍,难度很大。我负责拿衣服拿水壶拿帽子。对了,源宝特别喜欢外公给他买的一顶牛仔帽,戴上就舍不得脱,还大声喊着我是牛仔源宝!现在这顶帽子又派上了用场,源宝戴上它照相,神气活现,牛气哄哄。源宝还特别喜欢五星红旗,临出门时,特意把小国旗抓到了手中。鲜艳的国旗在三岁小童的手中迎风招展,生动活泼,庄严豪迈。使人油然生出祖国多么伟大,江山后继有人的壮怀豪情。

这次的拍摄很成功,为三周岁的庆生画上了圆满的句号。

梁启超先生在一百年前就大声疾呼:故今日之责任,不在他人,而全在我少年。少年智则国智,少年富则国富,少年强则国强,少年独立则国独立,少年自由则国自由,少年进步则国进步,少年胜于欧洲,则国胜于欧洲,少年雄于地球,则国雄于地球。

这段话，我在前面的文章中曾经引用过。现在，再次引用。因为它实在是太重要太有警醒意义了。振聋发聩，震撼人心。

少年是一个家庭的未来，也是一个国家的未来。教育好下一代是每个公民应尽的职责。三岁后的源宝，就要开始正式的启蒙教育了，培养他健全的人格和优良的品德是启蒙教育的重中之重。长大了不论他做什么都必须拥有这两项最基本的素质。

任重而道远。

外婆心得

小外孙的到来，给了我源源不断的创作源泉和灵感。伴随小生命的成长，自己的人生仿佛也回到了起点，从头再来，做什么都不晚。遇山开路，遇水搭桥，一步一个脚印地向前行。目标明确，信心十足。不要说带孩子有多艰辛，而要说新生命带来的欢悦和希望。其实，老人和孩子是彼此成就的。没有生命的延续，哪来的天伦之乐。天伦之乐，乃人间至乐。

2018/4/24

我是源宝的摄影师

木　桐

源宝已经三岁多了。几年来我一直用镜头记录着他的成长，说我是源宝的摄影师一点也不为过。

正式成为源宝摄影师应该从为他拍百日照那天算起吧。源宝的外婆也就是木槿姐姐把这个重任交给我时，我哪敢接啊。百日，是人生中一个要摆酒席的大日子。现在的孩子多宝贝，拍一套百日写真集，是件大事。挑影楼，做策划，一点都不能马虎的。而我不过平时爱提着个相机随手拍拍而已，又是一只镜头走天下，没有别的镜头换的。拍不好，百日，人生可没有第二次啊。

可木槿说，就你拍，你拍得好。有股子“我说行，那就行，不行也行”的气概。

和木槿姐认识几年了。木槿姐做事果断自信，真的是我佩服的。大概也是因为这两点都是我所不具备的。之前我们只在博客上往来，我在农大拍的那一组秋日梧桐大概给木槿姐留下了太深的印象，等到我们见了面，木槿就称我是摄影家，叫得我好难为情。每每用我的照片木槿姐还要郑重其事地注明：摄影木桐。

给源宝拍百日照的事木槿姐说得很严肃，我再推脱倒显出我扭扭捏捏的小家子气。

我可没有什么摄影棚。孩子小，出去也不可能。只能把家作为拍摄点。好在木槿姐姐家有漂亮的红木家具。红木的质感自然厚重，在照片上更显出一种柔和高贵的自然色泽，是我特别喜欢的。再说，在家拍，也更有纪念意义呢。

我所在的是个半军事化的单位，像“缺什么，补什么；干什么，练什么”“边学边练，干中学，学中干”这样的标语口号在办公区总是抬头可见。这些口号用在我拍源宝这件事上还真合适。

这之前，我没有一点拍婴儿的经验，只能网上百度了一下，算是临阵磨枪，又找了几个能在家完成的婴儿拍摄姿势，就上阵了。

拍的时候自然是问题不断，可也惊喜连连。

源宝还不能坐，抱着搂着，照片中总有大人的胳膊、手或半张脸，急得我们直打转。小婴儿，一会要睡一会要吃一会要拉一会要大哭，状况随时会出现，安安心心让你拍的时间可不多。急中生智找来床单，像是理发的大围裙，给大人围上，从脖子后面夹紧，让大人从单子下面扶着孩子。再拍，小人便像稳稳地坐在太师椅上，孩子左顾右盼，或哭或笑，一张张单人照就这么出来了。

把宝宝放在红木的茶几上，还能拍出漂亮的倒影。看网上的婴儿照，孩子趴着，昂着小脑袋，清澈的眼睛，无瑕的小脸。可自己拍时，发现小宝宝头根本抬不起来，带孩子的张奶奶想出个主意，让宝宝伏在靠枕上，这样感觉宝宝的脖子就昂起来了，如法炮制，后腿处也垫一个，宝宝小腿也翘了起来。再拍，宝宝精神多啦。真是实践出真知。

拍照时，为博得源宝一笑，木槿外婆、张奶奶轮番在我的旁边摇鼓，挥扇子，跳舞，“宝宝！源宝！哈！哦！看我嘞！”地叫唤，使尽了全身解数。场面相当有喜感。

仿佛有神相助，这套百日照竟然顺利地拍了下来，再经过后期稍加处理，洗印成册，竟然像模像样。何止是像模像样啊，我简直不敢相信是自己拍的。片子的风格自然、温馨，宝宝憨态可掬，一家人爱意浓浓，没有一点影楼的“假”气和千篇一律。

拍过了百日照，心也放下了，胆子也大起来。之后便隔三差五提着相机去给源宝照几张——我上班的地方离木槿姐家那么近，抬脚就到，这当然也是木槿姐让我为源宝拍照的原因之一。于是就有了打预防针的源宝，雪景中的源宝，戴虎头帽的源宝，爬爬垫上的源宝，坐上学步车的源宝，举着小小国旗的源宝，学走路的源宝……

这几年里，木槿外婆几乎把全部的心思都放在了这个宝贝外孙身上，白天带，晚上带，辛苦是不用说。可是作为作家的外婆，她又用文字记录了源宝从混沌初开到心智一点点被启发的点点滴滴，从《春天的好消息》开始，《木槿外婆手记》已有六十余篇，其中很多篇章都登上了新浪博客首页的头条。外孙的到来为木槿姐带来了新的人生体验，也为木槿姐开辟了新的创作空间。而朋友们也笑言是源宝成就了摄影师木桐奶奶。原来，我们也随着源宝的成长而成长呢，我们的日子平凡而不简单。

几年里，我为源宝拍下了近千张照片，有入园照，有“六一”照，有与家人的幸福照，有和小伙伴的玩耍照……为小源宝最初的人生路留下了一个个精彩而宝贵的瞬间。每每翻看，都心生欢喜。而源宝也早已习惯了我的镜头，在镜头前自信自如。开始，小不点常在我拍照时，笨拙而执拗地两手抓着我的镜头盖遮在自己的眼睛前，我奇怪，这玩的什么把戏？后来我才反应过来，他这是在模仿我拍照呢。现在的源宝常常不等我按下快门，就风一样地向我奔来，一边说“看看，看看”一边用肉肉的小手指头老练地按相机上的回看键，还会无限好奇吃力地端起我的相机，凑向取镜框，亲自按下快门。

看来，我是源宝的摄影师，也是他的摄影启蒙老师呢。

2018/11/25

孩子最需要的就是爱(后记)

上世纪80年代,改革开放,国门大开,各种思潮涌动,西方国家的育儿观念就像他们的电子产品一样新鲜时髦,冲击和影响着新一代的年轻父母。我的女儿就是在这个时候出生的。

面对襁褓中的女儿,看着如此弱小的生命,我在想,什么母亲不要带孩子睡觉、什么母乳喂养要身材变形、什么要定时喂奶、什么哭闹了不能抱等等,统统见鬼去吧！十月怀胎,母子都是心连心、肉连肉的,这刚出生就把他(她)放到小黑屋子里一个人睡,这哪儿成,简直太残忍了。就是放到旁边的小摇床上睡,我还舍不得呢。小宝宝的胃在刚出生时怎么可能定时定量地吃奶和消化呢?又不是机器人。我坚定地认为母乳最好,随时随地可以让宝宝吃到最可口最营养的母乳,即使自己形象不佳身材走样,也心甘情愿。至于宝宝哭闹了,那肯定是哪儿不舒服或者是小肚子饿了,怎么可能忍心听他(她)哀嚎呢?我们的孩子需要爱啊!

把孩子放在自己身边,你可以随时去拥抱、抚摸、亲昵——这就是在婴幼儿期的母亲必须给予孩子的最直接的爱,也是婴幼儿时期的宝宝最直观本能感受到的爱。

我这个新手母亲,就按照老祖宗的育儿方法,再加上自己的新思想新观念,亲手把女儿抚育成人。现在她有理想的工作、和睦的小家,健康、阳光、善良、勤奋。是我们的骄傲。

2015年,女儿的儿子,我的小外孙源宝出生了。虽然时光已然流逝30年,国富民强,物质极大丰富,但孩子最需要的是爱——这个育儿理念我们还是固守着。可以与时俱进,请了月嫂和育婴师帮忙照顾女儿和宝宝,但我们不会撒手不管。宝宝最初还是母乳喂养,安稳甜美地睡在大人身边,不论什么时候哭闹了,一定会有人去安慰抚摸照顾他。

和三十多年前不同的是,现在生活节奏加快,时间和空间都在缩短。年轻的父母们是社会的中坚力量,工作繁忙紧张。于是,现在的宝宝大都由祖父母辈的在帮忙照看。这就产生了一个问题,祖父母们能越俎代庖养育孙辈吗?我以为,是不可以的。虽然我们在全力以赴帮助女儿女婿带小外孙,但是我却要求他们晚上下班回来必须和宝宝好好亲密接触,陪他玩耍做游戏。让宝宝感到,他是有父母疼爱的。为了能够做到这一点,女儿女婿自己离单位近的小家暂时就不去住了,每天早出晚归,开车一个小时才能到我们的家。虽说奔波劳累,但宝宝的情感是滋润的,长成了一个活泼爱笑的孩子。

源宝在父母的爱和我们祖辈的呵护中健康成长。现在,我要是问源宝,你是谁的宝宝啊?源宝会毫不犹豫地回答,我是爸爸妈妈的宝宝！在所有宝宝的心里，爸爸妈妈始终是第一位的，毋庸置疑。

最近看到一篇文章，是说曾经提倡不能母爱泛滥要狠心教育孩子的美国心理学家，在自己孩子身上就是这样实践的。结果他的三个孩子全部得了抑郁症，大儿子自杀身亡了，二女儿也多次自杀，小儿子一直在流浪，靠他的施舍才能生活。真是惊出一身冷汗！幸亏当年我没有盲目轻信所谓外国专家的育儿经。由此看来，外国月亮也不都是圆的！

国内著名心理学家李玫瑾教授说过，6 岁之前是孩子情感和性格的培养期和形成期，也是人格塑造的关键期。天下的父母们，一定要清醒认识到：别以为给孩子华衣美食高档玩具就是对他的爱，你的爱更多的是温馨的陪伴亲切的拥抱和温柔的抚摸、亲昵。

可以说，源宝就是在这样的爱中渐渐长大的。相信在他未来成年后一定会是一个对社会有用的快乐的男子汉。

感谢我无比仰慕的石楠老师在 80 岁高龄，冒着眼疾还为我的小书作序！感谢著名作家合肥市作协副主席刘政屏先生统筹策划和无私帮助！感谢好友木桐小姐妹三年多来不辞劳苦跟踪拍摄！感谢所有的亲朋好友！但愿这本小书能让作者和读者有一个心灵的沟通。这一切，都是为了我们的孩子，我们的孩子现在最需要的就是爱！

李海燕

2019 年 4 月 9 日于合肥